# 古代ヤマト政権の誕生ロマン

## 神武東征から継体天皇まで

安田 慶
Yasuda Kei

風詠社

【注】ロマン＝起源はフランス語。小説。特に、長編小説を指す。

# まえがき

旧石器時代、縄文時代から弥生時代までの遺跡は各地に沢山あります。
三世紀半ばの卑弥呼から四世紀後半の百済から七支刀《しちしとう》の献上、六世紀初めの磐井の乱までも、史跡や古墳など出土品史料が数多くあります。しかし、当時の人々がどのような生活活動をしていたかを知る史料が不足している期間です。

この約二百五十年間の人の動きを想像するには、「古事記」「日本書紀」「続日本紀」や「出雲国風土記」「播磨国風土記」「備前国風土記」「常陸国風土記」「豊後国風土記」など一部現存する風土記等に頼ることになります。

それら「古事記」、「日本書紀」などの「神武東征から継体天皇」までの記述を適宜抜粋して、各地の史跡に立って思索し、埋蔵センター等で出土品を見ながら想像を広げ、古代の人の生活と権力誕生のロマンを組み立てました。「古事記」、「日本書紀」等を参考にした小説です。

最も参考になったのは、各地の自治体の社会教育活動や、博物館や埋蔵センターで地道な活動をされている学芸員さんのお話でした。それは従来（主流とされている見解）と違った視点で、出土品と日本書紀等の史料を関連付けるお話です。「諸説」と言われるものかもしれませんが、それらのお話が大きな刺激になりました。

神話的要素の「古事記」や天皇即位経緯の「日本書紀」「続日本紀」、古老が伝承した「風土記」等と各地の「歴史資料埋蔵センター」等の出土品や史料と学芸員さんのお話しから、都合のいいところ繋ぎ合わせ、行間を自由に読み解き、身勝手な大ロマン小説にしました。

古代人は、自然の力に振り回され、自然の恵みと自然の怖さを受け止めながら畏敬の念をもって、たくましく生きていた姿があったと思います。

古代天皇は長命になっています。「日本書紀」で神武天皇は百三十七歳、崇神天皇は百六十八歳と現代の人生百年時代を先取りする寿命になっています。ロマンでは六十歳から九十歳を想定しました。

登場する人名や地名、遺跡の名称は、歴史論議を避けるために、「古事記」や「日本書紀」などの記述をシンプルにアレンジしました。

この当時は天皇の敬称がありませんでした。「天皇」の称号が歴史上使われたのは六七七年天武天皇期六年とされています。ストーリーが追いやすいと考え小説の中の「大王」に「天皇」の称号を適宜使用し、カタカナを多用しました。

これはロマンであり小説です。歴史論議を誘うものではありません。このロマンから「古事記」や「日本書紀」、日本の古代に興味を持つ人が増えれば幸甚です。

この度、各地の学芸員さんの方々から、貴重なお話しを伺うことができ、ありがとうございました。

今後、遺跡調査や資料の分析が進み、大きな発見や展開が生まれることを願っております。

古代ヤマト政権の誕生ロマン◉目次

## 第四部　「古代ヤマト政権の誕生ロマン」の考察……158

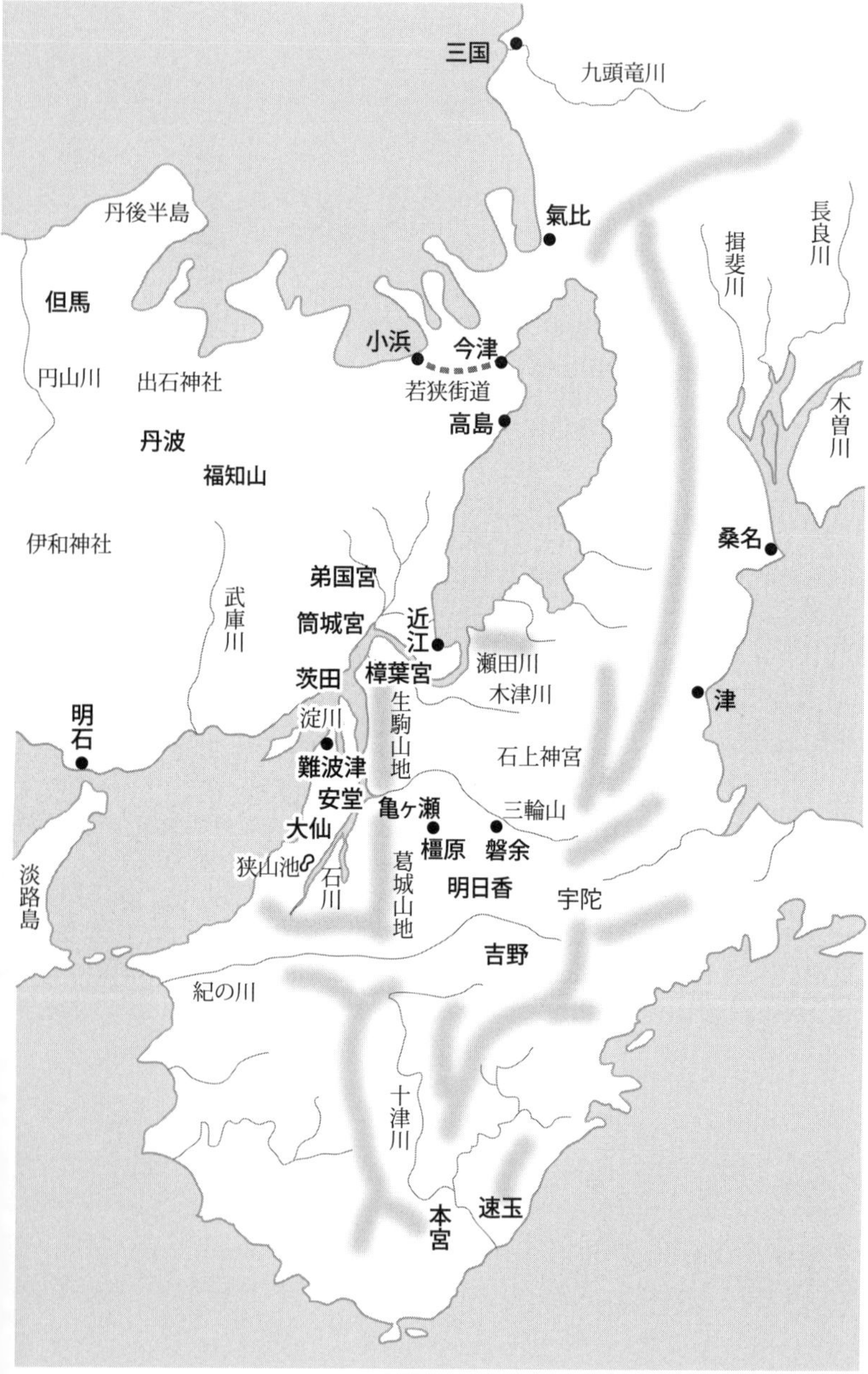

三国
九頭竜川
丹後半島
氣比
長良川
揖斐川
但馬
小浜
今津
若狭街道
円山川
出石神社
木曽川
高島
丹波
福知山
桑名
伊和神社
弟国宮
武庫川
筒城宮
近江
茨田
樟葉宮
瀬田川
木津川
津
明石
淀川
生駒山地
難波津
石上神宮
安堂
亀ヶ瀬
三輪山
大仙
畝原
磐余
狭山池
石川
葛城山地
明日香
宇陀
淡路島
吉野
紀の川
十津川
速玉
本宮

# 第一部　四人衆と二人の女性

## 第一章　神武東征と大国主命

### 吉備の出会い

天孫降臨の高天原の地で磐余彦《いわれびこ》（ハックニシラス・神武天皇）は、兄の五瀬命《ごせのみこと》と稲氷命《いなひのみこと》と天稚命《あまわかのみこと》、御気途命《みけとみこと》、産豊須命《うぶとよすのみこと》の弟たちと、今年の収穫が少なかったことを嘆いていた。

「今年もコメの収穫が少ない」「皆に分けたら、来年のタネが無い」

「去年より少ないのか。去年も食べるのにギリギリだったしな」

「この先、高天原ではこれ以上多くのコメを作るのは難しいと思う」

「東方のヤマトには豊かな広い土地があるという、青々とした山々が四方を囲み、水も豊富と聞く」

「この高天原の収穫は限りがあるし……ナ……」

「ヤマトへ行こう！」

「吾等は、ヤマトに行ってたくさんのコメや作物を作ろう！」

「そうだ。豊かな都を造ろう」

「親父の烏賀屋夫貴《うがやのふき》とおふくろの玉依姫《たまよりびめ》に相談しよう」

父親の烏賀屋夫貴からは、

「ご先祖様から頂いた土地を離れることは出来ん。でも毎年不作が続くと、どうするものか……ここの土地は狭いし……これ以上、田んぼを拓くこと難しいんかな……」と、迷いを含んだ言葉。

母の玉依姫は、

「今夜、ご先祖様に伺ってみるとしよう」と言い、夜が更けて、玉依姫は五兄弟を従えて、祭壇で長い御詞を挙げる。

しばらくすると暗闇の中に、一条の光が走った。

「天照大御神様がおっしゃる」玉依姫が静かに口を開いた。

『高天原は狭いぞ。外に目を向けよ。出雲の意宇も奈良盆地も豊かなり』

『高天原で一番勇敢な武実槌《たけみかつち》を出雲に行かせる。物部氏が助けてくれよう』

『磐余彦は五瀬命たちと相談し、共に豊かなヤマトに向かいなさい。ヤマトでは武実槌の先祖の葛城王がいる。助けてくれよう』

『ともに挑戦すれば、道は開ける。それぞれが豊かな都を造りなさい』と、玉依姫は言い終えると、前のめりに静かに倒れた。そのまま眠りに入った。

翌日から、武実槌と五瀬命ら皇子たちはそれぞれ出立の準備を始めた。

準備が整った武実槌は、すぐに石見の物部王のところへ向かった。

物部氏は、古くから出雲一族と協力し合い、漁労と田畑を守っていたが、大己貴命《おおなむじのみこと》とスクナ彦らが渡来してきて出雲氏を滅ぼし、意宇の地を占拠した。

物部氏にとって、大己貴命を討伐する機会になり、武実槌を歓迎した。

翌年、高天原で秋の収穫を終えて、磐余彦は、后の阿平姫と子供二人と、五瀬命、天稚尊命、御気途命、産豊須命たちの家族らと臣下の約六十人が出発した。

末弟の稲氷命は両親と家を守ることになった。

河舟で五ヶ瀬川を下り日向の港に着いた。約六十人は少し大きな船、四艘に乗り換えた。帆を立てて日向灘を北へ進めた。愛媛の佐多岬と大分の佐賀関岬の速吸瀬戸（豊予海峡）にかかると、小舟が近づいて来た。

「ハツクニシラス（磐余命・神武天皇）様か！　旗で分かった。どこへ行くのだ？」

漁民のウズヒコが大声で問いかけてきた。

「東のヤマトに向かうところだ。速吸瀬戸を抜けたい」

「今日の潮は無理だ。ここの潮の流れは、速さと向きが、時で変わる。明日の日の出頃は凪っている。明日、案内してやろう」

臼杵の港で夜を明かし、早朝、ウズヒコの案内で速吸瀬戸を抜けて、宇佐に着いた。

宇佐の宮で磐余彦は、臣下の中臣（乙巳の変で蘇我を討った中臣鎌足の遠祖説）と宇佐媛を結婚させる。盛大な宴でこれからの船旅も祝った。

晴れた秋は、穏やかな海である。

福岡の行橋、みやこ、苅田は古くから豪族の勢力が強く、安全な航海が続き、十一月九日北九州の井ノ浦の湊に船を泊めた。湊に近い岡水門の宮で十日ほど滞在する。

十日後の夜明け前、岡水門の宮を出発した。

周防灘に入ると、関門海峡からの潮流で舳先がゆれる。

磐余彦の食欲が落ちてきた。船酔いかもしれぬ。

西からの速い潮に乗り、十二月二十七日、安芸の宮に着いた。

磐余命は、潮風に体力を奪われ、体調が更に悪化した。しばらく滞在して回復を待つことにした。

その間、五瀬命たちはヤマトに向かう船旅に備えて、船を修理し食料も積み込んだ。

磐余彦は少し元気になったがまだ顔色がすぐれない。

ここから先は、小島や岩礁が多い瀬戸内を東に向かうことになる。海が狭く潮流が激しい所が多くなり海路は難しい。水先案内人が必要である。

五瀬命と天稚命は水先案内人を求め漁村に行くと、番屋の溜まり場で若い漁夫が話しかけてきた。

「備後までなら案内してやる。俺の舟の後をついてこい」名は能上史武《のかみふみたけ》といった。

安芸の宮を二月二十五日に出発と決めた。

磐余彦たちの船を見て、

「これなら流れに乗れるが、岩場に気をつけて、ついてこい」

能上史武の船は、磐余彦の船より少し小型の関船で、後尾に黄色い小旗を挙げ若者五人が乗り込んだ。磐余彦たちの船にも黄色い旗を立て能上史武の船乗りが一人ずつ乗ってきた。

帆を立てると風向き良く速く進んだ。乗ってきた若者は先々の水路を大声で舵取りに指示した。時には自らも舵を握った。潮が渦巻く強い流れの伯方島の瀬を抜けた。能島に船を泊めた。

島の小高い山の上に塀に囲まれた建物が見える。

磐余彦と五瀬命、天稚命、御気途命、産豊須命は、上陸して案内されて山の館に入った。

「吾はこの海路の安全を見守る村上である。この辺りは島が多く海路に迷う船が多い。安全な航海の警護と水先案内をしておる。ここを通る船から何某かをいただいておる。必要ならば水と食べ物を与える」

「我ら、ハツクニシラスは天孫の天照大神の命により、ヤマトに神の都を造りに行くところだ」

か細い声で磐余彦は答えた。

「天照大神が申し付ける旅ならば食べ物と水を与えよう。この先は、備後国の妹尾王《せのお》を訪ねると良い。薬もくれるだろう。安全を祈る」

「今日はここに泊まりなされ。明日、早く出立されとよい」

と、村上王は能上史武に宿泊の指示をした。

旧暦の三月六日昼過ぎ、吉備に着くと、能上史武は豪族の妹尾王を紹介してくれた。

磐余彦たちは日向を出て一年と半年になった。磐余彦の体調はさらに悪くなり、ここで治癒に専念することにした。

妹尾王の支援で、吉備の高島に仮御殿の造営を始めた。

＊＊＊

その二年前。

早春の朝早く、兵庫の日本海側の円山川の河口に軍船六隻が現れた。

「我は辰韓の国の王子、天日槍《あめのひぼこ》である。この地に我ら一族が住む。宝物は山とある。土地を我らに与えたものには宝物を分け与える。誰かおらぬか！」

この頃、朝鮮半島南部の辰韓、弁韓、馬韓の三韓は内乱が始まり、鉄の生産量が落ちてきた。辰韓では北から新一族の侵攻が激しくなり、日本や弁韓に逃げる民が増えてきた。弁韓では難民が押し寄せ中央政権が倒れ小国に分かれた。村々では塀や環濠を作り難民を防いだ。

「ここは出雲王朝、大己貴命《おおなむじ》（大国主命）王の領地なれば渡す土地などない。勝手に上陸することはならぬ。さっさと立ち去れー」

出雲王朝の郡司伊和大神《いわのおおがみ》が答えると、

「何を無礼な！　吾は辰韓国の王子なり！」と天日槍が叫び旗を大きく振ると、五隻の軍船から百人を超える兵士が上陸して、村人を追い払いながら西に向かった。

急を聞きつけた大己貴命が出雲から駆けつけ、

「待て、待てー。民を殺めてはならぬ。刀を収めろ」

「お主は大己貴命王か。我らに住む地を与え賜え」

「戦いは望まぬ。辰韓に帰り給え」

「我らはこの地に住むと決めた。これより大己貴命王と葛の根を投げあい、落ちたところの地をもらう事にしようではないか」

天日槍は、兵士たちを前に押し出し、強引に要求を突きつけてくる。大己貴命は天日槍の要求を受け入れ、葛の根を投げ合うことになった。

大己貴命が投げた葛の根は「養父」と「気多」に落ち、天日槍の葛の根は全て「但馬」に落ちた。

天日槍に但馬の領地を取られた、失意の大己貴命が出雲に戻ると、小舟八艘に乗った大勢の兵士と物部経津主《ふつぬし》と武実槌《たけみかつち》が稲佐の浜に上陸してきた。

あの日、高天原を出た武実槌は、石見の物部経津主を訪ね、出雲を攻める準備をしていたのである。

物部経津主の物部一族は、前漢の時代に大陸から渡来した夜郎国の苗族で武器と兵法に優れている。今は出雲に近い石見の静間川に拠点を置く豪族である。

武実槌は、稲佐の弁天島の上で剣を空に突き刺し、経津主は大きな太刀を二本砂浜に刺し、大己貴命に向かい、

「我らは天照大御神様の言いつけにより、大己貴命王が拓いた豊かなこの地に住むために来た。

いざ！　出雲の国を譲るか？　戦うか？」

天日槍との戦で負けた大国主命は、戦う気持ちはなかった。

「我が息子の事代主《ことしろぬし》と建御方《たけみかた》に相談して返事する」

美保の海で魚釣り三昧を楽しんでいる事代主は、

「戦わぬ。出雲の地も要らぬ。吾にはこの海があれば良い」と答えた。

「出雲を諦めたら、美保の海も諦めろ。一緒にヤマトに行くぞ。ヤマトで豊かなクニを造る。出立の準備をしろ」

大国主命は事代主にヤマト行きの準備をさせ、吉備の賀陽王の館で合流することにした。

越の国にいる建御方は、国譲りを拒み「武実槌と戦う」と返事をした。武実槌がそれを聞くと、すぐさま兵を連れて越の国に向かった。建御方は母の布川姫の所に逃げ、追い詰められて糸魚川から姫川を南にさかのぼり、諏訪に逃げこんで諏訪大社の祭神になった。

大国主命は、出雲に武実槌と物部経津主を呼び寄せ、

「天照大神が、ここ出雲に天空の社を造り、我らの神を祀り続けることを約束するならば、出雲の地を天照大神に譲ってもよい」と伝えた。

二人は天照大神に報告すると、早速、天空の社造りが始まった。

一年後の秋、天空の社ができると、大国主命は、武実槌と経津主を宍道湖と仏経山の間にある荒神谷に案内し、国譲りの証として剣や銅鐸、祭祀器などを土に埋めた。

大国主命は出雲の地をあきらめ、新天地を求めヤマトに向かう準備を始めた。

ヤマトへの道は、宍道湖、中海、美保から船で対馬海流に乗り、但馬の港から陸路で進むと難所は少ないが、大国主命は、アメノヒボコの奪い取られた但馬と丹後は通りたくなかった。出雲から斐伊川を登り中国山地を抜け吉備から船で、瀬戸内を難波津に向かうことにした。斐伊川の上流は素戔嗚尊《すさのをのみこと》が八岐大蛇を退治した地であり、中流には素戔嗚尊の縁者や、多岐津《たぎつ》媛に産ませた息子の阿角高彦《あづのたかびこ》が住んでいる。

斐伊川から備後への山越えは、出雲王朝の領地も少しあり砂鉄の産地でたたら製鉄の跡がある。丹後より安全である。

ヤマトに旅立つ前夜、妻のスセリ姫が大国主命に、

「貴方は、何処に行っても女の人に子供をつくらせ私を悩ましてきました。もう浮気をしないで！　ヤマトに行っても私のことは絶対わすれないで！」と、嫉妬深いスセリ姫は大国主命にせまった。

「そなたには、今までの詫びのしるしで、あの天空の社を与える」

「まぁ、嬉しい。でもそれと浮気は別、浮気は絶対に、絶対しないで！」

「分かった。分かった。このたび行くヤマトが我が最後の地だ」

「では、お約束を固める杯を交わしましょう。そうね、スクナ彦に立ち会ってもらいましょうね」

小柄なスクナ彦が、三宝に酒と杯とあてを乗せて運んできて、席を一緒にした。

あては干しアワビ。スセリ姫は楽しそうに、おしゃべりをしながら飲んだ。大国主命は返す

言葉が見つからないが、小声でスクナ彦と昔話しながら飲んだ。スセリ姫に声をかけると一言二言、口数多く戻ってくるのでうっとうしい。スセリ姫は素戔嗚の子孫である。

翌日は、冬の終わりの寒さが残るが、スッキリとした澄んだ青空がひろがった。スセリ姫とスクナ彦ら三十人ほどが見送りに集まっていた。大己貴命《おおなむじ》（大国主命）は、大声で挨拶して出発した。

一行は、大国主命が八上姫に産ませた子・貴俣命《きまたのかみ》と隷属する斗人らが武器と道具を持って歩き始めた。小高い丘で振り返って別れる出雲の地を見つめた。途中で事代主一行と出会い、早く合流することができ、総勢二百人くらいになった。

雪解けの増水が始まる前の斐伊川に沿って山の中に入っていった。中流域に住む息子の阿角高彦と再会しヤマトに一緒に行かせる事にした。三十歳前と若い。

斐伊川の上流を登り切ったところが素戔嗚の里。村人が履物や食べ物で歓迎してくれた。

翌朝、日の出とともに出発した。細い山道に入ると、急な登りが始まった。道は曲がりくねり、雪がところどころに残り、滑りやすく足が重くなった。

西に見える高い山の比婆山に鬼が住むという、一行はひるむことなく滑りやすい道と格闘して進んだ。一番の難所を過ぎて、夕方、東城の村に着いた。

東城は、旧知の豪族が住む大きな集落で、顔見知りが多く気持ちが休まる。大勢が泊っても建屋に余裕がある。

五日間滞在し、一行約二百人は疲れが取れた。

東城の里から瀬戸の豪族・賀陽《かや》王の館までは下り道だ。次第に空気は少し暖かく感じてきた。

三月上旬の日没前に賀陽王の館に着いた。

大己貴命《おおなむじ》（大国主命）の顔を見た賀陽王は、満面の笑みで喜び、大国主命を権現山の館に招き入れ、積もった話で互いに懐かしんだ。

大国主命は、賀陽王に出雲での出来事を話し、ヤマトに行くことを告げた。

吉備の豪族・賀陽王は、大国主命の話しを聞き、

「そうであったか。おお、大変な難儀であったな。大己貴命王なら気持ちも体も強い、大丈夫だ。奈良に無事に行ける、豊かなクニをつくれるだろう」

「しかし二百人とは大勢の人だな。船を用意しよう。必要なものも準備しよう」

大国主命はおよそ一ケ月逗留し、準備はほぼできた。季節は明るい春の陽になり、温かさを感じながら畑の中を散策し出立の日を考えていた。

突然、桃の林の中から明るい日差しを受けた美しい若い女性が、大国主命の前に現れた。

体が固まった！　その輝く瞳と眩しさに吸い込まれ、何かを言ったが、何のことか、何を聴いたか、自分で分からず、思わず体は動いてしまった。

スセリ姫との約束を忘れその美しい女性を妻にしてしまった。

女性の名は日限媛《ひぎひめ》という。

大国主命は心の中で叫んだ『おぉぉぉ！』

『この女性が初めて、俺の心に光をあててくれた。俺を温めてくれる。日限媛は俺の心を裸に

した。俺の心は、今までどこにあったのか？　俺は…今まで…本当に、妻たちを愛していたのか？』

『日限媛が俺の心を見つけてくれた！』

膝が震え、手と手を握り締め、空を仰いだ、

『俺は出雲の国を豊かにしていくために、女たちを妻にして利用して勢力を広げた』

『俺は間違っていた！』

『日限媛の輝く目が俺の心の中を見た。怖かったけど嬉しかった。なぜだ。神様の目だ。俺は、今、俺の心に気がついた』

出雲の国譲りで全てを失い、虚しさを抱えていた大国主命の心が、明るくなった。

『日限媛は俺に勇気をくれた。光をくれた』

『日限媛の素直な優しさは、俺に素直な心を取り戻させてくれた。生きる勇気がわいた』

日限媛は道教の卜占や祭祀を執り行う巫女である。父の賀陽津彦《かやつひこ》の先祖は大陸からの渡来人で、賀陽王に仕え、桃やブドウなど果実の栽培をしながら陰陽五行の教えを広げている。

大国主命の心は日限媛と離れることはできなくなった。

「日限媛よ、私の神よ。離したくない。吾と一緒に死ぬまで暮らそう」

「大己貴命王様、あなた様は神様が私に与えてくれた人です。ついて参ります」

大己貴命（大国主命）と日限媛は、賀陽王と賀陽津彦に結婚を願い出る。

「日限媛を妻にしていつまでも共に暮らしたい」

賀陽王は、

「日限媛は吉備で信頼されている巫女である。この土地を離れることはならぬ」

「吉備で暮らしていくなら、結婚を許そう」と、父の賀陽津彦が答えた。

二人は、吉備で暮らしていく土地をあちらこちらと探した。瀬戸内は王族や豪族がすでに占拠しており、住める土地や開拓できる土地が見つからない。大国主命は日限媛と一緒に暮らしたい気持ちで頭の中がいっぱいである。

「日限媛よ、ヤマトに行って伴にいつまでも暮らしていこう。ヤマトは豊かと聞く」

改めて、賀陽王と賀陽津彦に結婚してヤマトで暮らしたい、と強く願い出る。

それを受けた賀陽王は、

「大己貴命王よ、そなたの真剣な気持ちが十分に伝わった。日限媛とヤマトへ行くことを認めよう」

「津彦よ、日限媛の幸せを思うなら、ヤマトに行かせてはどうか？」と、賀陽津彦を諭した。

日限媛の弟の賀陽正彦と強者二名、侍女三人のお供で、大国主命と一緒にヤマトへ行くことが許された。

そんな大国主命（大己貴命）のもとに、瀬戸内の高島で神殿を造営している神がいると伝わり、早速、大国主命一行は高島宮に向かった。

笠岡から船で高島に向かおうとすると、地元の豪族・妹尾《せのお》王がきて、

「ハツクニシラス王（磐余彦）は体が弱りきり動くことが難しい。今は戦わず話し合いの時で

ある」という。

妹尾王は、出雲王朝と交流が深く素戔嗚が訪ねた先でもあり、信頼できる人物である。

大国主命は事代主と貴俣命、阿角高彦、賀陽正彦を伴い、妹尾王の館を訪ねた。

そこには磐余彦が横たわり、后の阿平姫と少年二人が心配そうに座し、五瀬命と天稚命、御気途命、産豊須命らが凛として控えていた。

「我らは天照大神の子孫であり、天照大神の申し付けで高天原からヤマトの地に向かい、神の都を造りに行く途中である」「戦いは望まぬ」と五瀬命が語った。

続けて磐余彦が臥せったまま細い声を発した、

「吾はハックニシラスと申す。五十歳になるが、日向からの船旅の疲れが溜まり、食も摂れなくなった。病は重く体も弱っており命はもう消えるだろう。しかし、我らはヤマトに都を造らねばならない。しいては大己貴命王（大国主命）が我に代わりハックニシラスとなり、ヤマトの地に平和な都を造ってハックニシラスの名を刻んで欲しい」

「頼む」と説いた。

出雲で国譲りを迫った天照大神の子孫であるハックニシラスから、その名を譲るという申し出に大国主命は大いに満足し、

「皆様方の考えは分かった。しっかりと申し出を受け止めよう」

「共に助け合い、ヤマトの地に豊かで平和で豊かな都を造ろう」

「我らの出雲の国は、天照大神の使者武実槌《たけみかつち》に譲った。その子孫からハックニシラスの名を譲

り受けるとは誠に喜ばしい。わしの大己貴命の名は出雲の神に奉納しよう」と応じた。

「ゆるりと休まれれば、体力も回復され元気になるであろう。それまで留まるがよい。我も寝食を共にし、お助けしよう」と進言した。

大国主命はヤマトに行く目的を確かなものにし意欲が湧き心の中で誓った。

『大己貴命の名は出雲で終わりだ。これからはハックニシラスでいくぞ』

その冬、磐余彦は亡くなった。后の阿平姫や日向の皆ははばかることなく号泣した。

高島の山頂近くの王泊陵墓に磐余彦を埋葬した。磐余彦の后、阿平姫と子供二人は吉備に残るといい、妹尾王に預けた。

新年を迎え、大国主命は『ハックニシラス』を宣言し、『大己貴命』の名を出雲に奉納すると皆の前で伝えた。

出雲の事代主と貴俣命、阿角高彦、賀陽正彦らがヤマトへ出発の準備を始めると、五瀬命、天稚命、御気途命、産豊須命らも準備を始めた。

そこに妹尾王が来て、

「賀陽王と私が、八艘の船を牛窓の湊に用意した。ここから牛窓までは児島の狭い水路を通る。そこまでは日向の船で向かわれるといい」

「牛窓には吉備の海を守る上道王《かみつみち》と下道王《しもつみち》という二人の海道の王がいる。彼らが難波まで案内してくれる」

ハックニシラス王（大国主命）は妹尾王に感謝を申し上げ、

「みんな！　心一つにして、ヤマトに向かうぞ！」

と、檄を飛ばした。

小春日和の朝、吉備の高島を出発し児島水道を抜けて牛窓の湊まで一気に進んだ。

「わぁ！　大きな船じゃ。これなら揺れも少ないだろう」

用意されていた八艘の船には、日限媛と賀陽正彦らと事代主、貴俣命、阿角高彦の出雲人たち、日向からの五瀬命、天稚命、御気途命、産豊須命、武人と農民たちが融和するように混じりあって乗った。一つの船には四十人ほどで、ゆったりできる。

上道王と下道王の水先案内で、明石海峡の潮の流れに乗り、順調に難波津に着いた。

難波津は、大淀川と大和川の川幅が大きな河川の河口に挟まれた扇状地で、微高地は見えるが浅瀬があり流路が錯綜していて、船が就けられて上陸できる場所が見つからない。

一行は難波津からの上陸をあきらめ、河内国に船を停めた。山桜が咲く生駒山が見える。生駒山地の向こうは目的のヤマトの奈良盆地である。

奈良盆地の中央に十市王《とのいち》の大きな古鍵《こかぎ》の集落がある。さらに東の山辺道には石上神宮の物部一族と夜都伎《やとぎ》神社を中心に大伴一族が勢力をふるっていた。

早朝、ハツクニシラス一行は、大淀川から大和川に入り、川幅が広く穏やかな流れを遡って、奈良盆地を目指した。生駒山と金剛山地の間の亀ケ瀬渓谷に入ると川幅が狭くなり、船を降りようとしたところに、矢が十数本飛んできて、一本が五瀬命の胸を突いた。

亀ケ瀬で待ち構えていたのは、奈良盆地に入る者を監視警護する防人で、古鍵村の剛力のナガスネ彦の仲間たちと物部王の遠祖ニギハヤヒ命の兵士たちである。

大勢で奈良盆地に入ろうとするハックニシラス一行を侵略者と見たのであろう。鋭い矢で打ち抜かれた五瀬命は命を落とした。虚を突かれたハツクニシラス一行は、急ぎ船先を返し退却した。彼らは追ってこなかった。五瀬命は紀国の加目山に埋葬された。

奈良盆地の古鍵村は環濠で何重にも守られた集落で、早くから農地耕作が始まっていた。日向の高天原に伝わっていた「ヤマトの豊かな土地」のことである。

ハツクニシラス一行は、生駒山からの道を諦めて、河内国から海を船で南に下り、加太の瀬戸を抜けたところの紀ノ川に沿って奈良盆地に向かおうとした。

日向からお伴をしてきた磐余彦の弟の天稚命《あまのわかのみこと》は、

「紀ノ川は葛城王と紀野王が領地争いをしています。巻き込まれては大変です」

と進言した。見上げれば紀泉高原の山並みにも、山桜の白さが点々としていた。

ハツクニシラスの大国主命は「葛城」の名を耳にして「タケミカズチ」の「国譲り」の口惜しさを思い出した。タケミカヅチは葛城の出身だ。

一行は再び船で南へ向かって進む。

荒波の太平洋にでて潮岬をまわり、夜遅く熊野川の河口に近づくと明かりが見えた。明かりを頼りに上陸すると、高倉老となる者と松明を持った多くの村人たちが出迎えてくれた。

早速、速玉の社まで案内された。速玉には徐福の墓がある。

速玉の祠は小さいが、社殿はハックニシラス一行三百人弱が休める広さだ。

「ハックニシラス大王様、おいでになるのをお待ちしておりました」

高倉老は歓迎の言葉を述べた。

「天照大神様からの使い来られまして、皆様のことは伺っております」

「熊野の道を通るお手伝いをします。今日はゆるりとお休みください」

食べ物と筵《むしろ》の寝具が用意されていた。

今までの船と違い、一行は、揺れない床で朝遅くまで熟睡した。

翌朝、ハックニシラス一行は、高倉老と村人たちの案内で、速玉大社から一日かけて大斎原《おおゆのはら》の熊野本宮大社まで、熊野川を舟で上り、少し歩いた。

夕刻、熊野本宮に到着すると日向の一行は倒れこんだ。日向を出てから四年余りの船旅で足が弱くなっていた。この熊野の道が初めての長い歩きであった。

熊野本宮大社の拝殿は小さいが、社の中は広くて休むことができる。

翌日、ハックニシラスは、ここからヤマトまでの難行を皆に話した。

「皆に感謝する。日向を出て五年、出雲を出て二年余り、吾についてきてくれて嬉しく思う」

「ここからヤマトの地までは大変厳しい山道である。大きな岩や木の根がムキ出しの、急な坂道を登ることになる。足腰が強くなくてはならない。ゆるりと休んで力を取り戻して、これらの難行に備えて欲しい」

「体に不安な者はこの地に留まることを許す。誰も咎めない。各々の家族、兄弟で決めるがいい。留まる者には、この高倉老が開拓できる土地を与えてくれる」

「熊野の道は、高い山をいくつも超える。この先、四つか五つの里や村で泊まればヤマトにつける。里村は小さいので一緒に泊まることはできない。我々は四つの班に分かれて一日ごとに出立する」

「最初の班は、御気途命と産豊須命たちで、道を開き木々に目印の朱を付けていく。先々の里村では村の長にコメを渡し、後に続く者の世話を頼み、二人が残り、次の仲間が来るまで留まる」

「次は、吾と日限媛と賀陽正彦が行く。道を更に分かりやすく踏み開く」

「次に、事代主と貴俣命が足腰の弱い者、体に自信がない者を助けながらいく」

「最後に、天稚命と阿角高彦が屈強な者たちが荷物を多く持っていく。女御や子供の荷物は預けるがいい。背負子《しょいこ》と小さい荷車も用意する」

「これから大変に厳しい行脚になる。もし途中で具合が悪くなり、やめたいとか、遅れてヤマトに向かうなどの気持ちになったら、それも認める。各々は自由に決めて良い。途中の里村で住むことを決めても良い」

「我らがヤマトでの暮らしを安定させたら使いを遣わす。遅くとも三年以内だ、その時まで、その地で気持ちを決めれば良い」

「明日から出立の準備をして、皆の状態を見て、五日後を目処に出立する。それまでに各々の心を決めなさい」

ハックニシラスの長い話しが終わると全員が、熊野本宮大社の拝殿に向い天照大神に安全祈祷をした。すると陽が輝き、大きな黒光りする八咫カラスが数羽、どこからともなく飛んできて拝殿の屋根に留まった。

天照大神が遣わした八咫カラスと分かった。御気途命と産豊須命の顔は明るくなった。

＊＊＊

出立の日、初夏の夜明けは空気が心地よい。

熊野に留まる事を決めた家族は幼な子がいる四家族十二人である。

第一陣で先発する御気途命と産豊須命は、ハックニシラスや天稚命らに見送られ、八咫カラスが舞う道を十津川沿いに熊野の山に入っていった。

熊野から吉野へは二〇〇〇メートル級が続き山が深く、道は曲がりくねり険しい。クマや猿などの獣にも注意が必要だ。

約七十人の御気途命一行は、大きな声を出して、熊や獣の出没を避けるようにした。しばらくは比較的平坦で分かりやすい道で足は早く進んだ。玉置山の中腹を過ぎると湿った道と崖淵の狭い道が続く。

下り道になると木の根がむき出しの道が続く。道は分かりやすかったが所々に笹が深く茂り行く手を阻んだ。笹を切り払い、まっすぐ伸びた太い木に紅殻をつけながら進む。杉の木が多く、落ち枝を押さえ込みながら歩いた。

日没前に平瀬の里についた。盆地には田と畑が作られて家屋も多い。

村の長らしき家の屋根に八咫カラスが止まった。

「お頼みします。我らは天照大神の命によりヤマトに都を造りに向かっているものです。宿をお借りしたい」

「おぉ、お待ち申していた。高倉老の使いが先に来て、あなた様たちのことは聞いている。準備はできていますぞ」

「ここは川原に湯が沸いている。ゆるりと疲れを取りなされ」

祭壇がある寄り合い所のような広いところに案内された。

＊＊＊

二日目の朝。

八咫カラスの大きな鳴き声で、第二陣のハックニシラスと日限媛と賀陽正彦ら約六十人は、熊野本宮大社を出発した。

その頃、先発の御気途命と産豊須命一行は川沿いの曲がりくねった道を登っていた。笹を切って道を広げ、枝を切り木に紅殻を塗る。登りが続きゆっくり前に進む。いくつもの峠を越え、崖沿いの道の下に細くなった川が見える。山脇を曲がると八瀬の村だ。

この村の長も高倉老の使いからの伝言が会ったことを話してくれた。

「ゆっくりなさるがいい。新しい履物も用意した。次の小代村にも高倉老の使いは行っている」

「小代村までは安心しなさい」と村の長は話してくれた。

＊＊＊

三日目。

初夏の安定した天気は今日も続く。

事代主と貴俣命の第三陣は、約七十人と共に出発した。吉備からの強者も続く。途中で歩けなくなった者のために背負子も用意した。

大きな木や地面に赤い辰砂が塗ってあり、道は分かりやすかった。八咫カラスが時々戻ってきて大きな声で鳴くのも心強かった。

第一陣の御気途命と産豊須命一行は、無事に小代村に着いた。

八咫カラスが止まった屋根は長老の家だ。長老の太善彦《ふとよしひこ》に挨拶した。

「よう来た。こんな山奥の小代村によう来た。食い物は山菜と干し肉に芋もある。たくさん用意した。しっかり食べていくがいい」食事を作った女子衆も笑顔で迎えてくれた。

食事のあと、長老の太善彦は話しを始めた。

「ここからは最初に厳しい天辻の峠がある。その先が坂巻村になる。そこからヤマトは近い」

「天辻の峠を越えても、幾つも峠が続き、道は崩れているところがある。その先の山の中に鬼が住んでいるが、ワシが抑えてある。鬼にはハツクニシラス大王一行には迷惑をかけないように諭してある。安心するがいい。しかし、道は険しいぞ。気をつけて行きなされ」

「阪巻村に着けば、そこには湯が湧いておって、休める東屋がいくつもある。ゆるりと休めるはずじゃ。ヤマトは近いぞ」

太善彦は、遠慮しがちに話しを続けた。

「阪巻から右へは厳しい山道が続く。左の道で丹生川に沿っていくと滑らかな下り道じゃ。その先で大きな川と合流するところが宇智の里じゃ。そこにわしの息子が居る。武太彦という」

太善彦は、荷物を産豊須命の前に押し出しながら、

「これを武太彦に届けて欲しいのじゃ」

「これは冬場に干した鹿肉と干し野菜だ」

＊＊＊

四日目。

第四陣の天稚命と阿角高彦らは熊野本宮大社を出発した。屈強な者たちは足が速い。

その頃、第一陣の御気途命と産豊須命一行は、小代村で太善彦から預かった荷物を背にくくり、道を踏みしめ木々に紅殻を塗りながら峠を登る。

背中にあたる朝の太陽が心地よい。急峻な道を登りきると峠の頂きだ。

天辻の峠を越えると下り道と峠が交互に続き、道が湿ってきて滑りやすくなった。

最後の峠にくると、視界が開けて、阪巻の集落が下に見えた。

「おー」と歓声が出た。

熊との遭遇なく、サルは出没したが八咫カラスが鳴けば遠ざかり、無事に熊野の険しい山道を通り抜けた。感動が溢れた。ヤマトが近いと感じる。

道をくだると硫黄の匂いがしてきた。板葺きの東屋の近くに石で囲った湯船が見える。

「オー。着いたぞ！」

家の中に藁と筵が積んである。一行は荷を下ろした。

御気途命は、笑顔が戻った仲間の約七十人に話し始める。

「無事、ヤマトの入口まで着いた。皆の一人ひとりの頑張りで熊野を越えることができた。ここで後から来る天稚命と阿角高彦らの到着まで逗留する。食い物が足りなくなれば阪巻の村に頼むこともできる。ゆるりと休んでくれ」

それぞれ湯を浴びる者、腹ごなしする者、寝る者など安堵感と解放感に浸った。

翌朝。

御気途命と産豊須命は、三人の若者と吉野の宇智の里にいる武太彦の家に向かった。

小さな板葺の家が見える。川沿いに畑と稲田が広がり手入れの良さが分かる。

昼過ぎに着いた。家に近づくと後ろから躰が大きな若者が声をかけてきた。

「何をしに来たか」

「親父殿から預かったものを届けに来た」

怪訝そうに荷物を受け取ると、礼儀正しい女性が白湯を出してきた。名を伊那姫という。

御気途命と産豊須命から、ヤマトに向かう旅の次第を聞いた武太彦は、

「私もヤマトで都を造る仲間に入れてほしい」と頼んだ。

「ハックニシラス大王様に伺ってみる。数日待ってくれ。我らは、そこの湯場で休んでいる。ヤマトに向かう時に会おう。この道を通る」

武太彦は妻の伊那姫と幼子二人と暮らしている。

武太彦と再会を約束して。御気途命と産須豊命は阪巻の湯場に戻った。

天稚命と阿角高彦の第四陣一行が阪巻に着くと、全員の歓声が山に響き渡った。

互いの無事を喜びあい、夕べには質素な宴を楽しんだ。

八咫カラスは東屋の屋根で大きく鳴いて、宇陀の山に飛び去った。

ハックニシラスは、武太彦と面談し快く同行を許した。

「ヤマトの地に田んぼができたら、この苗床を献上します」武太彦は申し出る。

「今の時期、田植えは二十日くらい後になり、急げば間に合うかと思います。妻と子供たちは、秋の収穫が終わってヤマトに連れて参ります」

武太彦の案内で無事にハックニシラス一行は奈良盆地に入った。

早速、約三百人弱が定住する土地探しが始まった。

丘陵地の明日香村は、斜面が多く平らにするに日にちがかかる。東の山辺道は、王や豪族が割拠しており、西は葛城王の勢力がある。

葛城王は天照大神の縁者だと言う天稚命を、ハックニシラスは葛城王の元に遣わした。

大国主命は『出雲国譲り』のトラウマが残るのか、葛城王と会うのは苦手のようだ。

葛城王は、天稚命と御気途命と産豊須命の申し出に、

「我が一族の御間城姫《みまき》をハックニシラス大王が娶るならば、葛城山麓の土地を与えよう」と応じた。

天稚命から報告を受けたハックニシラスは、日限媛に相談した。

「都を造るために、大王について参りました。大王がいつまでも……いつまでも、私を大事に離さないと約束してくださるなら、皆と一緒に土地を耕しましょう」と日限媛が答えた。

土地が橿原に決まると、葛城王の支援を受けながら、早速、全員で土地を整備し田や畑を開墾した。

田植えの時期までに水が引けた。雨をしのげるだけの建屋も出来た。

その後、この土地は、平安期まで県屯田として農作物を朝廷に供給した。

その年、秋の収穫の後、御間城姫との婚儀が葛城王の準備のもと急ぎ執り行われた。

人々の顔に安心と嬉しさが見える中、日限媛は御簾の影で涙し、伊那姫が支えた。

翌年の正月、ハックニシラス（大国主命）は、大王（神武天皇）として即位した。しかし、そこは橿原の限られた地域である。山辺道の豪族たちには伺い知れぬところである。

ハックニシラス大王（神武天皇の大国主命）は、

「熊野からヤマトに来る村や里で別れた人たちの安否が心配である。訪ねて見てきて欲しい。日向に帰りたい者、橿原に来たい者を連れて参れ」産豊須命と貴俣命に命じた。

大国主命（ハックニシラス大王）の優しさが、そのまま残っている。

武太彦の案内で八人が熊野に向かった。十八日後、二十二人が橿原に移ってきた。

橿原では高床の建物や屯倉を多く造営し、さらに民の家も増えて、ハックニシラスは、奈良盆地で存在感を大きくした。

# 第二章　崇神天皇と大物主神

## 箸墓の桃を食べたか？

ハックニシラスが橿原宮で即位して七度目の秋の収穫を終え、民たちは朝早くから、高床の宮殿前の広場に、玄米、籾米、野菜、生きた鶏、ウサギ、干し肉、農器具など収穫や狩猟した獲物など一年間の成果を持ち寄り並べた。歌垣の始まりだ。

ドラの音が鳴りハックニシラス大王（神武天皇の大国主命）が登壇し、民に向かいて、

「今年も皆の努めによって、神々から頂いた多くの命が集まった。神と皆に感謝申し上げる」

巫女の日限媛は、広場の中心に置いた東向きの祭壇で太陽に向かい、天照大神に祝詞をあげた。祈りが終わると再びドラが鳴り、天稚命が祭りの開始の挨拶をした。

「一年の収穫の感謝しよう。幾ばくかの酒と煮しめは用意した。それぞれに楽しい時を過ごしてほしい。必要なものを交換し合い、余りを神に奉納されたい。神官とそれぞれの首長は屯田の作物を神に献上をされたい」

続いて、ハックニシラス大王が告げた。

「高天原と出雲からきて、皆の努力でこの土地を開き作物ができ、豊かになった」

「我はこれより三輪山の磯城《しき》に行き、新たな土地を開き、更なる多くの作物を作る」

ハックニシラス大王は大国主命の時の「出雲の国譲り」悔しい気持ちを引きずり、葛城の里を離れたかった。

「この地を天稚命と御気途命と産豊須命で守り、これからも豊かな実りを作っていただきたい。后の御間城姫と四人の皇子と二人の皇女も、ここ橿原宮で暮らす」

人々に驚きと不安な気持ちが湧いた。

「ハックニシラス大王さま〜」と叫んだ。

ハックニシラス大王の言葉の後を受けて、天稚命は、

「この地は豊かな土地になった。皆とヤマトにきて、頑張ってきてよかった。これからも皆と共に励みもっと豊かしていきたい」

「ハックニシラス大王の三輪山は遠くないところである。これからも交流を続け支援をいただきながらもっと豊かな都にしよう」と呼びかけた。

天稚命の話を聴いた人々は、安堵の拍手をした。

すると、産豊須命が突然叫んだ。

「俺は高天原に帰りたい！　帰りたい！　父に会いたい。母に会いたい」

皆が驚く中、続けて、「兄者、俺を日向に帰してくれ」

「分かった。産豊須命よ、お前の気持ちは察していた」

「来年早々に帰る事を許す。今から帰る準備をするが良い」

「ありがとう！　兄者。俺も高天原を豊かにする。妻を娶って親を喜ばせる」

感極まり産豊須命は膝まずき涙声になった。

ハックニシラス大王も産豊須命の気持ちは前から察しており、

「今まで良く頑張ってくれた。ありがとう。礼をいう」

と、肩を抱いた。

再びドラの音がなると人々は、互いに持ち寄った作物を品定めや交換で、広場は活気にあふれた。

歌垣の歌や踊りで秋祭りの気分は盛り上がった。

ハックニシラス大王がこれから遷る三輪山の磯城《しき》の瑞籬宮《みずがきみや》は、古鍵《こかぎ》村の十市《とのいち》王を中心として物部王や大伴王ら豪族が列挙している山辺道の地域である。東に笠置山地、西に奈良盆地に位置する山辺道に住む豪族たちは、狩猟や採集と少しばかりの田畑を耕し、定住型の縄文文化の生活を続け、地域の諸事は豪族たちの合議制で民を守り続けている。

ハックニシラス大王（大国主命）が山辺道に進出したのは、葛城王を避けたい気持ちもあるが、それ以上に、奈良盆地を制するには、勢力が強い山辺道の豪族たちと良い関係を作ることが必要と考えたからである。

三輪山の麓の磯城には、茅葺き屋根で二層の高床建物を二棟、高床倉庫を三棟、さらに広い平建屋を四棟がまとまった「瑞籬宮」が完成し、敷地も平らに整備され、ハックニシラス一行を迎えるだけになっていた。

秋の収穫祭が終わった翌日、ハックニシラス大王は、日限媛、事代主と貴俣命、阿角高彦、賀陽正彦、武太彦ら百人ほど連れて三輪山に向かった。

宮殿造りは、今年の初めから貴俣命、阿角高彦、賀陽正彦、武太彦、太善彦らと吉備の強者たちが力を合わせて木材を切り出し、夏からは出雲の兵も加わって、この秋に完成した。

ハックニシラスは瑞籬宮に入ると『崇神』と宣言した。記紀の第十代天皇になった。

皆は言いなれた「ハックニシラス大王」の名をいつまでも使い続けた。

磯城の瑞籠宮には、出雲と吉備の人たちが中心になって住んだ。

ハックニシラス大王（崇神天皇）は、三輪山を拝む所に祠を建て、祭神を自ら「大物主神」と名付け、更に、三輪山の瑞籬宮と橿原宮との中間の笠縫村に「天照大神」の祠を造った。

日限媛《ひぎひめ》には『倭途途日百襲姫命《やまとととひももそひめのみこと》』の名を下賜し、瑞籠宮に近くの檜原に天照大神を祀る大きな祠と高床建屋を大小三棟建て住まわせた。

檜原には武太彦の妻の伊那姫が時々会いに来て倭途途日百襲姫命は、寂しさが紛れた。

翌年の旧暦一月、産豊須命の日向に向けて準備が揃った。船で大和川を下り大淀川から日向に向けて出発した。同行したのは、熊野で別れた二家族と橿原の若者数人の二十五名であった。

「高天原に帰ったら、父上と母上に『元気で豊かに暮らしている』と伝えてくれ」

「気を付けて帰れよ。兄の磐余彦のように病気になるなよ」

「ありがとう～よ！　兄者もなぁ～元気でなぁ～」

天稚命と御気途命は名残惜しく見送った。

ハツクニシラス大王（大国主命の崇神天皇）たちは、積極的に山辺道の王や豪族、集落の人々と交流を進め、冬の間に農地を作ろうとした。

早速、十市王と大伴氏と物部氏に挨拶に回った。

「三輪山の麓の地を開墾して収穫を上げたいと思っております」

「空いている土地を耕しなされ、川が細かく流れているから水は十分にある」

「大陸や半島から伝わった道具を持ってきております。便利な道具です。もし宜しければお使いください。新しい土造りの方法もあります」

「おう。ありがとう。開墾を見せていただくよ」

三輪山の山麓で土壌を耕し農地を広げ、多くの収穫物を見た山辺道の王や豪族たちからは敬意が集まってきた。

ハツクニシラス大王と事代主、貴俣命、阿角高彦らは、渡来の土壌造りや野草の栽培、根野菜の農事の技術と鉄製道具を豪族たちに積極的に伝えた。

穀物や野菜の収穫が増え、瑞籠宮の倉庫に収穫物が蓄えられ、豊かになってきた。

民の士気が上がり連帯が強くなり、瑞籠宮に住んでいた者たちは、次第に農地に近いところや地元の人の家に住む者が多くなり交流が深まった。

脇を流れる巻向川と大和川の扇状地に纏向の集落ができ、人々が増えて、更に豊かになった。

出雲への郷愁が忘れられない大国主命のハツクニシラス大王は、纏向の集落に出雲に似せた大きな宮殿を造らせ、瑞籠宮から纏向の宮殿に遷った。

宮殿の大きさや収穫量で、ハックニシラス大王の権力の大きさを、ヤマトの王や豪族たちは知ることになる。

新たな宮殿に、橿原から天稚命と御気途命が訪ねてきて、葛城山の西に農地を広げたい、と言ってきた。

「葛城山の西には広い平地があります。そこに溜池を作り農地を広げたく、支援をお願いしたく、参りました。南の金剛山から石川が流れております。それを灌漑用の池に水を溜めれば、農地ができると考えております」

「おう。良いことだ。よし！　御間城姫の子のイソサチ（後の垂仁天皇）とまだ若いがしっかり者で孫のニシキノ皇子がいたな。彼らを応援に出す。うんん、それと武太彦と阿角高彦も出そう。彼らは段取りがうまい」

「ほかに、望みがあれば遠慮なく申すがいい」

ハックニシラス大王は、天稚命と御気途命の申し出を快く応援した。

早速、古市に板葺の宿舎を八棟建てて、工事を始めた。

大きな工事が始まると古市や茱萸木《くみのき》の里から見物に人が集まって来る。その中に姿見がスラリとした女性を見かけた。近づくと丸顔で可愛い。

「工事は面白いかい？」

「ええ。珍しいものばかりで、見ていても飽きが来ません」

ニシキノ皇子が声をかけると会話が弾ずみ、昼時は一緒に過ごすようになった。

古市の娘で名はヌヌシ媛といい、歳はニシキノ皇子の一つ上で十四歳と言う。

溜池は二年足らずで完成した。ハックニシラス大王が視察に来て、

「おお。大きな池だな。この水を引けば、農地が広がり、作物がたくさんできるな」

「めでたし、めでたし。うん。名前を『狭山池』としよう」と名付けた。

天稚命は、

「ありがとうございます。『狭山池』、良き名でございます。この工事では、ニシキノ皇子の気働きが素晴らしく、こまめに動いて、思いのほか早く完成を見ることができました」と、報告した。

御気途命と阿角高彦は狭山池に近い茱萸木の里に建屋を造り家族や臣下を呼び寄せ、農地を開拓していく事になった。当面の食料等は葛城氏から送られてくる。

ニシキノ皇子は時折訪ねてきてはヌヌシ媛との逢瀬を楽しんだ。

農地が広がってくると、次第に葛城一族も住むようになり、百済からの渡来人も住み始める。

# 第三章　日限媛の哀歌

## 倭途途日百襲姫の幸せ

三輪山の山麓と纏向に豊かさが出てくると、ハツクニシラス大王は、租賦（税制）を定めた。十五歳以上の青年で大王に仕えるものは人頭税を免除した。またそれぞれの収穫物に応じた税を決め民に食料が残るようにし、水路の開発や共同体に必要な共通の事業に労役を課した。

山野辺の王や豪族たちもハツクニシラス大王の租賦を真似た。

倭途途日百襲姫（日限媛）も檜原の社から三輪山の瑞籠宮に遷った。

ヤマトに来て五年目の夏。

突然、倭途途日百襲姫の父で六十八歳の賀陽津彦が数人を従え、たくさんの桃を持って吉備からヤマトに来た。倭途途日百襲姫と弟の賀陽正彦は、思いがけない父との再会に喜び涙した。

「父上、お懐かしゅうございます。私は倭途途日百襲姫の名を頂きました」

「おぉ！　みんな、すっかり見違えて立派になっとる。おぉ〜、幸せそうに見えるぞ」

賀陽津彦の目にも涙が滲んだ。

「私、妻を娶りました。子も生まれました」賀陽正彦が報告した。

「土産に、桃をたくさん持ってきたぞ。皆で食べなされ」

吉備から来ていた人々は懐かしく喜び合った。

その日は、檜原の社に日限媛と賀陽正彦たちも一緒に泊まり、旅の疲れをとった。

「我はここに住みたい。ハックニシラス大王にお願いする」と父が言った。

「妻が去年の冬に亡くなり、賀陽王の許しをもらってヤマトに来た。やはり、子供たちの傍に居たいからナ」

「農園は親類縁者に与えた。桃は毎年送られてくるだろう」

吉備津彦はすっきりした顔つきで話した。

翌日、纏向の宮でハックニシラス大王と再会し、吉備の頃を思い出し昔話に花が咲いた。

檜原の社に住む許しをもらった。

翌年から、夏になると吉備から沢山の桃とブドウが届くようになり、賀陽津彦と賀陽正彦は、毎年、桃を持って纏向の宮のハックニシラス大王に会いに行った。

纏向の集落に人々が集中してくると、疫病が発生し広がっていった。

多くの民が亡くなり、作物の収穫が落ちてくると、人々は疫病神を探して世情は荒れた。農民の中には農地や纏向を離れ、山中で狩猟や採集の生活に戻るものが出てきた。

疫病は翌年も続き、臣下もハックニシラス大王への忠臣が薄くなっていった。

その翌年の七月十五日。

倭途途日百襲姫命は巫女として、父の賀陽津彦と共に、檜原の地で三輪山に向かって吉備の祭器をたて天照大神を祀り祈った。

やがて、疫病は収まり、人心に落ち着きが戻り天地が安定してきた。その秋の収穫は少しもとに戻った。山に去った人たちも里に降りてきた。

四十九歳になった倭途途日百襲姫命は、日向からきた臣下の武食安彦《たけじやすひこ》が、ハックニシラス大王へ謀反を起こすと予言し、災難を未然に防いだ。

檜原の社の賀陽津彦と巫女の倭途途日百襲姫命の評判が広がると、神託や卜占を願う人々が檜原の社に列を作った。倭途途日百襲姫と父の吉備津彦の二人で神託祈祷する多忙な日が続いた。

その年の冬、父の吉備津彦が亡くなった。

日限媛（倭途途日百襲姫命）は、心の支えを失い嘆き悲しんだ。

吉備吉彦と吉備の人たちは、悲しみを堪えて吉備の葬送式で、狐塚に方形陵墓を造営して埋葬した。

ハックニシラス大王は、吉備で日限媛を見惚れて以来、吉備から奈良への行脚、葛城御間城姫との結婚、農地開拓、疫病払い、租賦の制定など、多忙な日が続いてきた。安定した平穏な日があると三輪山の瑞籠宮を訪ね、倭途途日百襲姫と一日中ゆったりと朝雲暮雨の日々を過ごした。

二人だけの時、ハックニシラスは大国主命の気持ちになり「日限媛」と言って甘えてきたが、倭途途日百襲姫命の心は充足できないでいる。

今年も吉備から桃とブドウが届いた、その夜、日限媛は、倭途途日百襲姫としてハックニシラス大王の后になりたいと甘えた。

「三輪山の神と夫婦になるがいい」

「どなたですか？」

「大物主のことよ」

「どこに居ますか？」

「今、ここにいるではないか。ハッハッハッ」

明かりが薄い夜は自由で楽しいひと時であったが、興が高じて日限媛を殺めてしまった。

翌朝、息がない日限媛（倭途途日百襲姫）を見た大国主命（ハックニシラス大王）はうろたえ、事代主と貴俣命を呼んだ。心は大国主命のままで頭の中は、吉備で出会った頃からの日限媛の姿が走馬灯のようにグルグル駆け巡り、意識なく放浪した。

日限媛（倭途途日百襲姫）を失った大国主命（崇神天皇）には放心した日々が続いた。

阿角高彦と貴俣命と賀陽正彦らが陵墓造営の進言すると、大国主命はハックニシラス大王の意識に戻り、十市王ら陵墓の建設と協力を願い出た。

「一番大きな陵墓を造れ。国中からあらゆる宝物を日限媛と共に埋葬するのだ。そうだ故郷の吉備から祈りの大きな器台を供える。わしは日限媛を幸せに出来なかった。悔やむ、懺悔する、あぁ〜。吉備の陵墓の形で一番大きく造れ。丸い山の両方に四角い翼がある吉備の形の陵墓がいい」

ハックニシラス大王は阿角高彦らに思いつくまま命じた。

十市王、物部王、大伴一族と多くの民と斗人の協力で、檜原の社の近くに広い土地を確保して、ヤマト最大の陵墓の建設にかかった。葛城氏の支援はなかった。

「ハックニシラス大王様！　円墳の両方に四角い翼は土地が狭くて造れません。円墳が大きく片方だけ方形の翼は造れました。如何しましょうか」

賀陽正彦はハックニシラス大王に相談した。

「方形は片側でもいい、形を整えろ。国中で一番大きく高く積み上げた陵墓にしろ」

陵墓の造営が進むにつれてハックニシラス大王の心は少し落ち着いてきた。

ハックニシラス大王（大国主命）に最も愛された倭途途日百襲姫《やまとととひももそひめ》（日限媛《ひぎひめ》）は箸墓陵墓に手厚く埋葬された。

埋葬の日、御間城姫《みまきひめ》が皇子四人を連れて橿原宮から訪ねてきた。儀式の後、ハックニシラス大王は第三皇子の五十左智《いそさち》（のち垂仁天皇）を皇太子に任命した。

埋葬の儀式が合わると、ハックニシラス大王は、再び覇気を失い、食も細くなった。

「吾が死んだら、眠るように日限媛が眠る陵墓に入りたい」と貴俣命にささやいた。

二年後、眠るように瑞籠宮で崩御した。

口語伝承の『ハックニシラス』は、『大国主命』『神武天皇』『崇神天皇』『大物主神』の四人衆で、同じ時代の一人であった。

# 第四章　卑弥呼の旅

## 女王への道

卑弥呼が誕生したのは、西暦一六七年、中国後漢の恒帝の時代。

名は許皓春《きょこうじゅん》という。五人家族で、父の許偉人《きょいじん》は揚州（建康・南京の近く）の県丞に仕え、民衆の教化をする三老をしている。母の文清《ふせい》は学識があって料理上手である。許一族は、円桜（囲家）の中で親族の四家族二十二人と、近隣の畑と水稲を耕作して暮らしている。円楼の中には馬屋と牛屋がある。皓春には三歳うえの兄の項偉《こうい》と二歳違いの弟の子偉《しい》がいる。

その頃、後漢の皇帝は幼少の子供が続き、外戚勢力が台頭した。外戚と宦官の争い、宦官同士の争いで内紛の濁流政治が激しく世情が不安定になってきた。老子の社会と自然の摂理を説く陰陽五行に救いを求め、道教、太平道、五斗米道が民衆の中に広がった。

許皓春は幼くして聡明で勉学に優れ老子の集会にも参加していた。

一八四年、黄巾の乱。太平道、五斗米道に救いを求める民衆が、各地で蜂起して暴動が広がり、世情不安が一気に広がった。

県丞に仕える父はいち早く身の危険を感じ、前もって四艘の木材運搬船を準備していた。

船には丸太を積荷に見せて屋根を造り、船へりを高くしてその下に潜り込んだ。闇夜に隠れ、円楼の許一族は長江を下った。

許晧春（卑弥呼）十七歳。六月の頃であった。男兄弟の許項偉と許子偉が一緒で少し心強かった。

明け方、東シナ海に出た。東シナ海は、風強く、夏と冬で風向きが南と北と変わり波が高い。川船は横波に弱い。二艘ずつ丸太で繋ぐと安定するが、操船が難しくなった。屋根の丸太を捨て軽くした。互いを見失わないように帆と櫓を操っていた。

ここから朝鮮半島の馬韓の真番を目指す。ほぼ真東の方角で海路の距離は近いが、海流は北から南に流される。

東シナ海の海流は複雑である。北海道沖の間宮海峡からくる冷たいリマン海流がロシア大陸に沿って南下し、朝鮮半島の先でトカラ列島から東シナ海に入ってきた黒潮の暖流とぶつかる。

許晧春は夜明けの星空と海面の潮目を見て、自然の摂理を実感していた。

船頭にも疲れが見え、舟が流され始めて、皆に重い空気が漂ったとき、済州島の近くで大きな船の船団が見えた。

「おーぃ。助けてくれ！」

大声で全員が叫んだ。持っている布を思いっきり広げて大きく振った。

近づいてきた。見ると大きな船が三艘、末盧国の旗がある。

「どこへ行くのだ！」

「馬韓に行きたい！」

「無理だ。その船じゃぁー、沈むぞ。我らは倭国の末盧に帰る。末盧まで乗せてやるぞ」

荒波で揺れる船を近づけ、全員が末盧の船に乗り移り一息つくと、干し魚と芋をくれた。旨かった。許皓春は『美味』の意味が分かった気がした。

倭国の末盧国の鷹島に着いた。王は松浦源信《まつらげんしん》という。

当時の倭国は三韓の鉄素材の権益を争って内乱の最中であったが、漁労と海運の末盧国は内乱の影響はなく、大陸や半島との交易する倭のクニグニの荷役で活気づいていた。

末盧国には尊卑の身分があった。松浦源信王に直接仕える者は「老」といって王の補佐と相談役を担った。次に「壮」がいる。壮は各集落に駐在する実務担当者である。「老」と「壮」の間に管理監督する「守」があり治安を担っていた。それぞれの人数は少なかった。労役では船乗りの地位が高く「持水」の下に「気水」がある。陸では「校」「工」「悌」などがあり、クニの王や宦官に隷属する「斗丙《とへい》」や「斗人《とひと》」と「生口《いぐち》」に分けられていた。女性は「孝女」「細女」「婢」が決められていた。他の倭のクニグニも同様の身分制度であった。クニグニの移動も自由であったが、来たものは「守」で面通しされ、身分と労役が決められた。

許皓春（卑弥呼）は松浦源信王の面通しを受けた。

松浦源信王は許皓春の陰陽五行の知識の深さを見抜き重宝した。特に、航海の安全や天候で許皓春の卜占は理に適い、信頼が高いと見た。

松浦源信王は、倭国の王たちに陰陽五行で呪術使う巫女とし許皓春を紹介した。

倭国の王たちは、よどみない言葉と陰陽五行を説明する許皓春に驚き、畏敬の念を持った。

松浦源信王は、許皓春を三韓の鉄配分をまとめて交渉させる仮の女王にして、戦いをやめるように倭のクニグニの王たちに働きかけた。長年の戦いに疲弊した王たちは賛同した。

一八九年、許皓春（卑弥呼）二十二歳。

松浦王の後ろ盾で女王になり、信頼が安定してくると許皓春は、兄の項偉と弟の子偉と一緒に住まいを伊都国に移す。

「松浦源信王様、私たち家族を荒海の中からお助けを頂き、その上、王様のお力添えで、倭のクニグニの皆さまから多くの信頼を得ることができました。深く、深く心より感謝申し上げます。これより伊都国に参り、倭国のためにさらなる精進をいたします」

「うん。許皓春よ、この信頼は、お主の努力と家族があって得られたことを忘れてはならぬ。家族を大事にいたせ」

「はい」

「許皓春よ、クニグニの王たちはお主の卜占に感謝している。今後は伊都国にいる帯方郡の群司に引けを取らずに、倭国のために働いてくれ」

「ありがとうございます。ご期待に沿うように努めます。つきましては、この先も、家族が安寧に暮らせますように、ご配慮をお願いしたく参りました」

「うん。心配に及ばぬ。許の家族は、漢の知識と文化を良く心得ており、倭国のクニグニでは漢の事を学びたいものが大勢いる。それぞれの王たちが重用してくれよう」

父親の許偉人と母の文清は末盧国で通史として残ることになった。他の家族もそれぞれ倭の国へ行き、中国の農業や文化を教え、土地に溶け込んでいった。

伊都国は、三韓（馬韓、弁韓、辰韓）の鉄素材を調達する交易の拠点であり、帯方郡の郡司が駐在している。郡司は三韓との交易を統治する強い権限を持つ責任者である。帯方郡は、中国東部の勢力下におかれている。中国東部は戦乱が多く、帝の勢力が度々変わる。

女王・許皓春は、よどみない言葉と陰陽五行で郡司を説得し信頼を得ていく。三韓との交易が安定してくると倭のクニグニや人々の間に格差が目立ち始め、奴婢が多くなっていった。

許皓春は奴婢たちを引き取り、住まいを与え土地を開墾し、田んぼや畑を造り稲や野菜などを栽培し、木の実、縫物、器作りなど生活技術や中国文化を教えた。

奴婢は次第に増え続け、伊都国では土地をひろげる余地がなかった。

許皓春は支推国《しすいくに》に移る。

支推国は奴国の南にあり、土地が荒れた小さな環濠の中にあった。英彦山山系から流れる佐田川と小石原川を抱える沖積地は稲作に適していたが、川の増水に度々見舞われる土地であった。

支推国の王は甘耶《かんや》といい、祖先は呉からの渡来という。

支推国から基山の山裾の低い峠を抜ければ大宰府につながり奴国も近い。当時は大宰府近くまで海が入り込んでいて伊都国まで容易にいく事ができた。

甘耶王の勧めで許皓春は、中国の東部で覇権を握った魏の明帝に宛て、献上品と生口《いくち》十二名連れて帯方郡へ奴国の難升米を遣かわした。通訳には弟の許子偉をつけた。

魏の明帝から金印紫綬と銅鏡が届けられた。

「甘耶王様。魏の明帝に派遣した、難升米たちが無事に帰国しました。明帝から金印紫綬と鏡を多数、さらに絹などたくさん下賜されました。甘耶王様のお陰でございます」

「金印紫綬を甘耶王様に献上いたします」

「奴国の難升米が奴国の春日の丘で同じ鏡をつくりましょうと申しております」

と許皓春は甘耶王に報告した。甘耶王は金印と鏡を手に取りながら、

「おお。ありがとう。輝く金印だ！　紫綬がついて立派な物だ。この鏡の年号は少し変だな？でもしっかり出来ている良い鏡だ」

「これで許皓春は女王として認められたな」

甘耶王は満足そうにうなずいた。

「東のヤマトでは天照大神を祀っているという。『天照大神の心を映す鏡』として女王からヤマトの王たちに下賜してはどうでしょうか」

「うん。良いことだ。ヤマトは北部九州に怖れをもつだろう。我が家にも呉の大帝から頂いたとされる鉄製の鏡が伝わっている。それにはパルティア朝の青い宝石（トルコ石）が飾ってあり、家宝じゃよ。魏の鏡は青銅製じゃな」

「春日の丘には鋳物の炉がたくさんあります。難升米に青銅製の鏡をつくってもらいましょう」

許皓春は自信を持つようになった。奴婢たちが千人を超え、女王の許皓春は、支推国に隣接

した土地を大きく広げた。深い溝の環濠を六重にし、浸水を防ぐため、住居地域の土地を盛り上げ、高床式二層建物を八棟、三層建物を二棟建て、大型建物を四棟などを造った。さらに、社や拝殿や多くの住居をつくり、集落はクニの形になってきた。農耕地も広くなり、収穫量が格段と増えてきた。

倭国のクニグニが不作になると、子女を支推国に預けに来る親も現れてきた。

父の許偉人と母の文清を呼び寄せ子女の教育を手伝ってもらい、弟の許子偉に身辺の警護をさせ、兄の許項偉に治世を任せた。

許皓春は春巫女王《ひみこ》（卑弥呼）と名乗った。甘耶王は、許項偉と許子偉を支え女王と土地を守った。

春巫女（許皓春）と両親らは、奴婢たちに、中国式文化や農耕、綿花、養蚕、機織、編み物、料理、器具作りなどの生活技術を教えた。彼女たちの知識や仕草に品位が身についてくると、女王の周りに活気がでた。成長した奴婢を孝女や細女の位にさせた。

春巫女（卑弥呼）が、春に執り行う秋の収穫を占う神託は信頼されている。

各地の王や豪族が供物や献上品を持って神託と卜占を願いくると、中国の知識と生活技術を身に付けた奴婢の下賜を申し出てきた。

春巫女（卑弥呼）は、供物や献上品の品物と量で、人数を定め奴婢を孝女や細女の地位で下賜させた。彼女たちは、それぞれのクニグニで孝女や細女の立場で、労役、側女、料理人などで技術を広げ生活できるようになっていった。

春巫女（卑弥呼）は、クニグニに送り出した彼女たちのところに、技術や知識の低下を防ぐ名目で、使いを定期的に派遣し、そのクニの情報を得られるようにした。この彼女たちからの情報で、それぞれのクニの事情に精通し、先手の呪術や卜占を行うと、その神託の精度が高まりクニグニの王や豪族たちから信頼がより厚くなった。

卑弥呼（許晧春・春巫女）は女王として五十九年間君臨することができた。

二四八年の春、許晧春（春巫女・卑弥呼）は没した。八十一歳であった。

径百歩の墳墓が造られた。


（第一部　了）

# 第二部　胎動するヤマト政権

## 第一章　山辺道の大王たち

### 垂仁天皇の秘密

卑弥呼が伊都国から支推国へ移った頃、北部九州のクニグニでは稲作の耕地が広がり、三韓との交易も安定していた。

バイタリティに溢れたハツクニシラス大王（崇神天皇）のあとを継いだイソサチ大王（垂仁天皇）が即位した。ハツクニシラス大王（崇神）と御間城姫命の第三皇子である。

イソサチ大王（垂仁天皇）は、ハツクニシラス大王の瑞籬宮《みずがきみや》の隣に珠城宮《たまきみや》を造営した。

ハツクニシラス大王（大国主命・崇神天皇）は、農事に励み山辺道や纏向の収穫を増やして豊かにしたが、イソサチ大王は、苦労知らずで面倒な事や考えを巡らす事が苦手である。

交秦禅項王《かたはたぜんこう》や豪族たちに勧められたまま但馬の国の天日槍《あめのひぼこ》の子孫の沙穂姫《さほひめ》を后とした。

イソサチ大王は、色白で美形の沙穂姫とは最初の夜だけ寝屋を伴にした。男色の気を持つバイセクシュアルで、后に強い関心が持てなかった。

夏の終わりのある日の夕餉、イソサチ大王は鯉のあらいを所望した。

沙穂姫は、

「今日は爽やかな日和であります。夕焼けもきれいでしょう。中庭で準備しましょう」

中庭に料理台を置き、並べた机の上には、大きな桶に元気な生きた鯉を入れ、まな板、大皿などを揃え、料理人が控えた。家臣たちが敷座に着き、イソサチ大王と沙穂姫も座した。

「本日は夏の夕焼けを愛でながら、特別きれいな鯉のあらいをご賞味いただきます」

と、料理人が口上を述べ、周りの空気が穏やかになったところで、

「さて、これより……」

と大きなナタを取り出すと、イソサチ大王（垂仁）の敷座にかけあがった。

驚いた大王は、後ろに逃げ転げ、這いつくばって頭を手で隠した。

家臣たちが大王を守り固め、家臣の一人が料理人の足を強く蹴った。料理人が転倒すると家臣たちがナタを取り上げ、一気に押さえ込み捕り押さえこんだ。

料理人は、沙穂姫の兄で沙甫彦《さほひこ》といった。妹の沙穂姫をそそのかし、大王の座を奪おうと謀反を企てたことが分かった。翌日、沙穂姫と沙甫彦は斬殺刑になった。

奈良盆地の十市王や豪族たち群卿は、イソサチ大王に沙穂姫を推挙した交秦禅項王を責めて、領地を没収し追放することを決めた。この裁下に交秦禅項王は、

「この度は、素性を十分な吟味なく推挙した事に、大変申し訳なく、お詫び尽くさない気持ちであります。奈良の王様方々にご迷惑をおかけいたしました。重ね重ねお詫び申し上げます。

今一度、機会を願い申し上げます。この次こそは」と、低頭し、

「ワカオオイ大王（開化天皇）のご子孫で、身元確かな丹後の道主王《みちぬし》の娘で美麗なる日葉酢媛《ひばすひめ》
という女御を、新たなる后の候補を紹介したく御諒承をお願い申し上げます」と、口上した。

交秦《かたのはた》一族は馬韓（百済）から渡来して、大淀川の南北沿岸の沼地を開拓して勢力を伸ばし
てきた。

「一度失態して次を信用しろというのは受け入れ難し。しかし、この媛の出自が正しければ后
として申し分ないが、信用できる女御か？」

「交秦一族が今まで我々に誠意ある貢献を続けてきたことを鑑みて、改めて、検討してみよ
う」

「交秦王が策謀するとは考えられん」

「この媛の出自を調査し、イソサチ大王が娶れば、追放は猶予する。但し、大淀川の南岸の農
地は没収とする。しかし、その農地の耕作を続け、収穫物を屯倉に収めることを命じる」

と、十市王が沙汰を出すと、交秦禅項王は、

「ありがとうございます。必ずやイソサチ大王様のお支えを、お約束致します」

十市王は大伴建沖王に調査を依頼した。

九月、調査結果を待って十市王は、日葉酢姫の推挙を決めた。

男色の気があるイソサチ大王は、興味なくうなずいた。

十一月、日葉酢姫は丹後から山辺道磯城《しき》の珠城宮に入った。

日葉酢姫は、

「大王ならば、正統な後継がいなくては災いの元になります」

と強引に寝屋を伴にし、ニシキノ皇子、オオタラシ彦らの男子三人と、倭姫ら女子二人を産んだ。

日葉酢姫は、器量良く知性が優れた女性で、治世の多くを執行し指示や裁下を発した。家臣が相談に参上してくるようになり、珠城宮が朝廷（王権）らしくなった。

伊勢神宮を造営し天照大神を鎮座させ、娘の倭姫命《やまとひめのみこと》を最初の斎宮にしたのは日葉酢姫である。祭祀で民の心を安定させ、王権を強くしていった。

治世が安定してくると人が増えてくる。人が増えれば食料の需要が増す。農地の開拓が必要になってきた。山野辺道の民たちは、扇状地では少しばかりの稲作をしながら、裏山の笠置山地で狩猟や採集をしながら縄文文化の定住型生活をしている。

古鍵村の十市王《とのいち》を中心に、物部氏や大伴氏などの王や豪族たちは、互いに連携し協力し合って山辺道の民を守っている。

秋の収穫祭のとき、古鍵村の十市王は豪族たちに声をかけた。

「新田を開発する話し合いをしたい。皆の意見を聞きたい」

翌日、古鍵村の大屋根の建屋に、物部氏、大伴氏、春日氏、添氏ら、豪族たちが集まる。

この集まりにイソサチ大王は第一皇子のニシキノを行かせた。

十市王が口火を切った。

「山辺道に人が増えてきた。このままでは食べ物が不足する。今の田んぼの山寄りの傾斜地に荒れ地がある。そこに畑と田んぼを造ろうと思う」

「そうだなぁ。確かに人が増えてきた。よそから人が来て住み着いている」

「よそから来た者を取り込んで、われらが監視しにゃならん」

王や語族たちは日頃の思いを口にした。

「みんな、それぞれの集落に来た知らない輩を取り押さえて、奴婢か斗人にしよう」

「ニシキノ皇子と物部十千根王で人頭を調べてほしい」

「どの村にも属さない輩を見つけたら珠城宮に集める。食い物を渡すと言えば付いてくるだろう」

「それらの輩に、山辺道の事を教え、同じ仲間になるようにしつけるか？」

「そうだ。人が沢山いれば開拓ができる」

「明日、みんなで検分して、新田を開発する工事の区割りを決める。この秋から来年春までに終わらせたい。みんな協力してくれるか？」

王や豪族たちがうなずき賛同した。

「明日、皆で領地の配分も決めたい。ニシキノ皇子は立ち合ってください」

「承りました」ニシキノ皇子は応えた。

大王（天皇）と言え、奈良盆地では権威も勢力も弱く、調整役の象徴的存在で、王や豪族にとって、居なくても困らないが、居た方が都合いい存在である。

「次に、工事の担当を決めたい」

「物部十千根《とちね》と大伴建稚《たてわか》が区割りの土手を造り、川からの水路と溝を全員が協力して掘る」

「春日氏と添氏は他の豪族と協力して畦道を作ってくれ」

「ニシキノ皇子は、狭山池での経験を生かして、皆の相談に乗ってください」

「はい、しっかりと参加させていただきます」

「新田が出来ても、すぐに収穫が上がらないナ。石や砂利を取って、土を育てなあかん」

「田んぼの中の大きな石や木の根などは、みんなで協力して取り除いてくれ」

「大変だけど、再来年には収穫を増やしていこう」結束力が強くなった。

「よろしく、頑張ってくだされ」「おお！　やろう」皆の気持ちが一つになった。

山辺道の王や豪族の食料が増えれば、抱える人も多くなり、勢力が強くなることだ。

春になって、水を引く田んぼの畔と溝が出来た。まだ木の根や石ころの除去を少しずつやらねばならない。水を入れることにした。

古鍵の十市王とニシキノ皇子は、イソサチ大王（垂仁）に報告した。

「新田が出来ました。明日、檜原神社の巫女がきて、水引の神事を執り行います」

「うん、うん。ご苦労であった」

皆が苦労した割合には、イソサチの大王の言葉は、他人事のように軽く温かみがなかった。

優しい人当たりに温かみはないが、イソサチ大王は、容姿端麗で物腰が柔らかく女性的仕草が優しさを感じさせ、内宮の人気者である。また、正直者ゆえ、相手の言葉を素直に受け止めて、自分が正直であれば、周りも正直と思って失敗も多かったが忘れっぽい性格である。

　初夏の晴れた日、イソサチ大王は、ニシキノ第一皇子夫妻を伴い、父・ハツクニシラス大王（崇神天皇）が建立した笠縫村の祠に天照大神をお参りした。その足で、新たに拓いた田んぼと苗の育ち具合を視察に廻った。

　ニシキノ皇子の妻はヌヌシ姫といい、妻になったばかりである。古市の豪族の娘でニシキノ皇子が狭山池の造営をしているおりに知合った。ヌヌシ姫は夫と一緒に外に出て気持ちが弾んだ。

　笠縫の祠でお参りを終えると、近くに住む老女が「これをどうぞ」と吸椀を差し出してきた。

「まて！　待て。毒味を致す」と、従ってきた家臣が老女の前に立ち、それを口にした。

「むム。旨い。うん……うん。よろしい」老女にうなずいて差し出すように促した。

「まぁ！　美味しい。これは何ですか？」ヌヌシ姫が老女に訪ねた。

「米粉を水に溶かして、川のコケと塩を少し入れて一晩煮たものです」

「川のコケは、あの鮎が食べるものですか？」

「そうであります。今の季節が一番美味しくなる時です」

「香りもいいわ」ヌヌシ姫は、嬉しそうにお代わりをした。

「田植えが終わって、綺麗な景色じゃ」

「これから緑が増えてさらに美しくなりましょう。秋の収穫が楽しみです」

　イソサチ大王とニシキノ皇子は会話をしながら新田を廻って、当麻村に来たとき、村の長が、

「村には剛力のケハヤが力を持て余し、悪戯の度が過ぎて困っております。力自慢をさせればおとなしくなると思っています。力自慢の男を探してください」と願い出てきた。

家臣に力自慢の者を探させると、出雲の鼻高山から太い木材を数本まとめて山を降りてくるという力持ちがいるとの話しが伝わってきた。名は野見宿祢という。

早速、野見宿祢を呼び寄せ、珠城宮で互いに力自慢させることにした。

イソサチ大王（垂仁）は、筋肉隆々の野見宿祢にうっとりとした。

三輪山の珠城宮で、当麻村のケハヤと野見宿祢は相対した。

ぶつかり合うすごい音がした、足を蹴り合い、腕と腕を取り合う競り合いで腕が開いた隙に、野見宿祢の頭突きがケハヤの胸に入った。肋骨が折れる音がした。ケハヤは前にうずくまると、すかさず野見宿祢はケハヤを頭上に持ち上げて地面に突き落とし、足で押さえ腰の骨を折って殺した。相撲の始まりとされる。

試合後、出雲に戻るという野見宿祢をイソサチ大王は引き止め、側近として召し抱え、常に一緒に行動するようになった。湯屋にも一緒に入り背中を流させ、ご機嫌であった。

美濃の坂祝《さかほぎ》村のツジタキ王が、近隣の領地を侵略し食料を強奪している、という訴えを、十市王が伝えに来た。イソサチ大王は、第一皇子のニシキノ皇子に、「美濃坂祝のツジタキ王を成敗しろ」と命じた。

ニシキノ皇子と物部十千根は、約三十人の兵士で美濃に向かった。

坂祝村のツジタキ王は、

「この数年、木曽川の氾濫や干ばつがあり、不作が続き、民の食べるものがなくなってしまった。やむなく隣村を襲った」と詫びた。

ニシキノ皇子と物部十千根らは武力を使わず、狭山池や新田開発で培った技術と知識で、堤を高くし溝を広げ、丘陵地に棚田や畑を造った。渡来の野菜を植えて生育を教えた。二年近くかけて農地が広がり、土壌を改善し収穫が向上した。

坂祝のツジタキ王は、感謝し二人に絶対の信頼を寄せた。開拓した農地の一部を屯田とし、その収穫をヤマトに献上させる約束をさせた。

珠城宮では、ニシキノ皇子の弟のオオタラシ彦（のちの景行天皇）は、

「兄のニシキノ皇子が坂祝村でもう二年近くなりますが音沙汰ありません。支援に行くお許しを願います」と、イソサチ大王に申し出た。

許しをもらい。珠城宮を約五十人の私兵で出発した。

美濃の加納の地で兄を待ち伏せした。オオタラシ彦の狙いは、兄を討って大王（天皇）の継承位につくことにあった。

奈良盆地から美濃へは、伊勢街道を通り桑名にでて養老山脈に沿って北上する道が近い。

桑名に出ると目の前に、揖斐川、長良川、木曽川の大きな川が合流し水面が遠くまで広がり、大きな海に見え、行く手が拒まれる。遠くに美濃の金華山が見える。

美濃の金華山の麓でひと休みするニシキノ皇子の一行に、オオタラシ彦の兵士たちは襲いかかる。

突然の展開に、ニシキノ皇子は、長良川に逃げる。休養と準備万端のオオタラシ彦は、長良川の鏡島の岸にニシキノ皇子を追い詰め討ち取った。

オオタラシ彦は、すぐさまイソサチ大王（垂仁）に使いを放った。

「ニシキノ皇子は坂祝のツジタキ王の追っ手に討たれ果てました」

それを聞いた后のヌヌシ姫命と母の日葉酢姫命は、一途の望みを持って急ぎ美濃に向かった。

変わり果てた夫のニシキノ皇子の姿に、ヌヌシ姫命は全ての幸せがこの世から消えた気持ちに襲われた。頭の中が真っ白になり虚ろに泣き崩れた、
夫との楽しかった思い出と夢なき未来が、頭の中で交錯して駆け巡り、呆然と悲しみが消え、その場で自害した。

日葉酢姫命は、息子のオオタラシ彦皇子が謀ったと直感したが口にすることなく、ニシキノ皇子とヌヌシ姫と物部十千根を金華山の麓に手厚く葬った。

大王（天皇）の座を狙ったオオタラシ彦の陰謀に、日葉酢姫は、息子を叱責できないまま、その後まもなく薨去した。

信頼していた后がなくなると、イシサチ大王は嘆き悲しみ力を落とした。

日葉酢姫の埋葬に一緒に埋められて殉死させられる者たちが集められた。怖くなって逃げ出す従者たちの姿を見たイソサチ大王は、

「生前に寵愛された理由で、死者に憑いて殉死させるのは心が痛む、良くないことだ」

「殉死させることをやめさせたい。何か方法はないか」と近習の野見宿祢に問うた。

「土で人や馬の形を作り、陵の周りに立て、御陵をお守りしては如何でしょう」

と、野見宿祢が申し上げると、イソサチ大王は、

「それは良い事だ、人を損なうことなく御陵を悪霊から守れる。すぐに始めろ」と命じた。

野見宿祢は、故郷の出雲から土師《はに》を呼び、人・馬などの埴輪《はに》を数多く作り、日葉酢姫陵墓の周りに並べて建てて祀った。埴輪の始まりとされる。

十年後の二月、イソサチ大王（垂仁天皇）が玉城宮で崩御した。

その五ケ月後の七月、オオタラシ彦皇子はオオタラ大王（景行天皇）と名を改め即位した。

オオタラ大王は古鍵村の十市王に、

「ハックニシラス大王（崇神）を後継したイソサチ大王の陵墓を、行燈山陵墓の隣に造営したい」と願い出る。

「山辺道には陵墓を作る土地はない。新田を作ったばかりだ。ご自分で他を当たられよ」

十市大王は、素っ気なく答えた。物部津多彦が、間に入って提案してくれた。

「西の平群押彦王に聞いてみよう。平群一族も人が増えて田んぼを造るつもりである。水郷が必要だから陵墓の周濠の水を溜めるなら土地を与えてくれるだろう」

平郡押彦王から返事が来た。場所は、山辺道から遠く奈良盆地の西端の尼辻に、陵墓の土地を与えられた。

山辺道の王や豪族たちは、イソサチ大王が地域に協力的でなかった事で陵墓造営を山辺道に作らせなかった。オオタラ大王（景行天皇）の即位も、山野辺の王や豪族たちに計らず、早々

に独断決行したことに不満を持っていた。

イソサチ大王（垂仁天皇）の宝来山陵墓は、崇神天皇陵墓から離れた西の尼辻に造られた。

# 第二章　食料確保の道

## 景行天皇の全国征圧

山辺道の地域は、集落の王や豪族や首長たちが合議して民をまもっている。

少しの稲作畑作の耕作地や裏山の笠置山地での狩猟で協力し合って、収穫を分け合い温和に暮らし、他の領地を奪うとか征圧する意思は持たなかった。

開拓した古市の農地には渡来人や葛城一族が次第に住みつくようになり、西の橿原に住み着いた天稚命や御気途命の日向一族は、葛城氏に取り込まれ、次第に勢力が落ちてきた。

ヤマトの地をまとめる大王は、十市王、物部氏、大伴氏、添氏、春日氏、平郡王、葛城王や豪族たちが寄り集まって決めていた。

この頃のヤマトの大王（天皇）は、利権はなく権限も小さかった。地域の合議で意見の違いや、地域全体の問題が出た時など、意見の調整や方針を決めるなどを大王が裁下した。その裁下には誰もが従わなければならなかった。それが地域の秩序を守る暗黙の合意であった。

大王は環濠で自分の集落を囲うことはないが、少しの農耕地を持ち、ハックニシラス大王（崇神天皇）が定めた租賦制度で、民や王や豪族から食料などが納められていた。

平和で豊かなヤマトに人が集まり、開発した新田の収穫だけでは食料が更に不足してきた。

オオタラ大王（景行天皇）は、

「今年の租賦献上の量が少ない。何故だ！」十市王や豪族たちに声を荒げた。

「各地から移ってくる者や渡来人が増え、彼らを抱えて食わせなければなりません」

奈良盆地の豪族たちは口を揃え答えた。

「ならば、渡来人たちに葛城山の西で新田を開拓させる。溜池もある。まだ農地を開拓する土地は十分にある」

「葛城王は河内の古市に渡来人を集め監視しろ。租賦を徴収し献上させよ」

オオタラ大王は、言い渡した。

また父・イソサチ大王が地元地域に関与しなかった治世の反省から、奈良盆地の王や豪族たちに食料を調達確保する方法を考え、日本各地の王や豪族をヤマト朝廷（王権）に従属させれば、食料がヤマトに献上させることができる。その征圧軍を各地に出兵させた。

征圧軍は、各地から献上品を出させ、田畑を開拓し屯田や屯倉を作りヤマトの勢力を広げることから始めた。従わない豪族には武力を行使した。しかし、武力行使は巧く進まない。

実在が不確かなヤマトタケルの逸話はそれを誇張した。ヤマトタケルが伊勢の倭姫命に泣きを入れるほど、オオタラ大王（景行）からの征圧の命令は激しく厳しかった。

ヤマトからの征圧軍は、鉄製の武器を持ち、戦えば雌雄はすぐに決着する。

＊＊＊

安曇野の豊品《とよしな》王の治世は、収穫した村の食べ物が地縁の民に平等に行き渡る仕組みや共同で農事をする結《ゆい》の制度などを整備して民と強い信頼関係を作っている。

豊品王は、耕作地を広くして人を増やしたいと思い巡らしながら、ヤマトに従属する必要性はないと考えていた。村人もヤマトへの従属は望まない。

オオタラ大王（景行）は雄薄《おうす》皇子と物部津多彦《つたひこ》王を信州安曇野に派遣した。

雄薄皇子と物部津多彦王が安曇野に入ったのは夏の終わり。秋が早い安曇野では収穫が終って、各家々では野菜を干したり薪を集めたり冬の準備が始まっていた。

「豊品王に会いたい。居るか」物部津多彦王の問いかけに、

「我らの里に用か」と豊品王が出てきた。

「吾らは、奈良のヤマトから来た。我らのクニと交易して、互いに豊かになりたい。新しい渡来の知恵や知識もある」

信州安曇野は日本海側の糸魚川から渡来文化が早くから伝わっている。ヤマトの渡来技術には魅力もなく頼る気持ちはないが、働く人手は欲しかった。土地柄、狩猟や採集が中心で、耕作の土地は狭く収穫は多くないが集落の食料を賄うことはできている。

「我らは、隣のクニグニと良き関係があり豊かである。大陸や半島から渡来人が新しい知識を持ってきている。遠い奈良のクニとの交易が良きことか？見えぬ」

豊品王は答えると、住民たちは手に武器を持って大勢集まってきた。

収穫の時期が終わり、住民たちには余裕があった。

雄薄皇子と物部津多彦王は、迫る冬に向けての装備がなく、安曇野での長逗留に不安があった。

ヤマトへの退散を決めた。「我々は引き上げる。また来るぞ」

翌年の初夏、雄薄皇子と物部津多彦王は、百人を超える大軍を連れて、再び奈良を出発した。

塩尻峠を越えたところで夜を待った。田植え季節で、農家の家々の夜は早く寝静まる。

深夜、村人が寝静まった頃、物部津多彦王が数名の兵士を連れて、豊品王の館に忍び込み、王の首をとった。静かに一気に攻めたので多くの村人は気が付かなかった。

人を殺めたのは豊品王だけで、家屋に火も放たなかった。

物部津多彦王たちは、近くの森に隠れ、使者を塩尻峠の雄薄皇子のもとへ走らせた。

早朝、雄薄皇子は大軍を率いて安曇野に入った。

豊品王の姿を見て困惑し騒動している村人たちの前で、雄薄皇子は、

「我々ヤマトの神の兵士は、安曇野の豊品王を討ち取ったなり。今後、この安曇野を神の天照大神に仕える土地となった」

「豊品王は神に逆らった。逆らった者はこのようになる。よく見ろ！」

と言って、物部津多彦王は豊品王の亡骸を分断し別々の山に捨てた。

住民たちは青ざめ、悲しみと恐怖の中に落とされた。

「この秋の収穫の一部をヤマトに献上を命じる」

雄薄皇子は、豊品王の息子の阿貴科《あきしな》と村人たちに、来秋の収穫から献上品の種類と量を命じ、五人の若者を捕虜にしてヤマトに帰った。

阿貴科王は、安曇野の収穫量は住民の生活と近隣の村々との交換に足りるだけで、献上は無理と考え、村人たちと策を練った。

安曇野から奈良盆地に来た五人の捕虜はヤマト文化を見聞し生活を体験した。

秋になった。安曇野からオオタラ大王（景行）へ収穫品の献上品が届かない。激怒したオオタラ大王は雄薄皇子に安曇野へ赴任を命じた。

翌年の二月。

雄薄皇子は、物部津多彦王の弟で物部三津彦と若い郷士十人らと捕虜五人を伴い、ヤマトを出発した。郷士と捕虜は、ともに暮らして友人のようになった者もいる。

雄薄皇子は、豊品王を思慕する残党の報復を恐れ、梓川の手前の波田に留まり、物部三津彦に捕虜二人を付けて先に安曇野に行かせた。

二晩待った。捕虜が阿貴科王と農民二十人と一緒に梓川を渡ってきた。緊張が走った。

「我々は戦いを望まぬ。話しを聞く。来た目的は何か?」

体が大きくがっしりした阿貴科が質した。殺された豊品王の息子で王である。

「昨年の秋、献上品が届かなかった。安曇野の収穫が少ないと見込んだ。我々は安曇野で農事を広げ収穫量を上げるためにきた。ここに住みヤマトと連盟を結び互いに豊かになりたい」

雄薄皇子が答えた。

阿貴科王は、

「ヤマトの兵士が父を奇襲し討ち殺した事実は忘れない。しかし、前に進むために恨みを忘れるように努める。村人が豊かになるなら、その道を選ぶ」

「ヤマトでは多くの収穫があると聞く。ともに働き、田畑を耕し広げ多くの収穫が可能ならば土地を貸そう」と応じ、雄薄皇子一行を安曇野に入れた。

藁ふきの家屋があてがわれ、安曇野の村人に教えられながら冬に向けての準備を始めた。

安曇野の村人はこまめに動き、よく働く。阿貴科王が率先して動き回って村人に活気を与えているようだ。村人たちも手際よく協力し合っている。

雄薄皇子と物部光彦ら一行は、鍛造炉を設置し鉄製農具を作り、土地の耕し方や作物の種類などヤマトの農事の知識や技術を、阿貴科王や村人に伝えていく。安曇野の気候や風土習慣など話し合いながら土地を開拓していった。阿貴科王から定住することが許された。

雄薄皇子は安曇野に溶け込み、名を碓豊《うすとよ》と変えた。

オオタラ大王（景行）の全国制圧の動きで、ヤマトへの食料は少しずつ増えてきた。奈良盆地の王たちも刺激を受け、それぞれの王や豪族が各地に兵士を派遣するようになった。

稚足尊《わかたりのみこ》（のち成務天皇）や吉備武彦、大伴雄日《おのひ》らも各地に出兵した。しかし、奈良盆地の王や豪族たちは、元来戦う体制や意識が低く各地へ出兵して挫折が続いた。やがて山辺道の王たちに財政的な負担が増え、民の生活にも影を落としてきた。

古鍵の十市王や山辺道の豪族たちとオオタラ大王は相談し、兵士派遣の時期や地域はオオタラ大王に一任することにした。大王に権限を委ねるヤマト政権の形が創られる始まりである。

ヤマトの征圧に従わない民族、部族の集団が多くあり、強引な征圧は各地で反発が起きた。

従属した各地の王には自らと同じ姓と飾り太刀を与え、刀にはヤマト大王の名と従属した王の名を刻銘した。我らは一族とした。山辺道の王や豪族と同じ姓の王や豪族が各地に増えた。彼らはヤマトの大王との血縁はないが共通の姓を使って一族の連携を意識させてくる。

全国征圧に限界を感じ始めたころ、オオタラ大王（景行天皇）は、老衰のため纏向の日代宮で秋の十一月に崩御した。

十市王やヤマトの豪族たちの群臣は、オオタラ大王がヤマトを豊かにした功績には感謝しつつ、全国征圧の出兵が終わることに安堵した。

次の大王を誰にするか協議が始まった。

「次のヤマトの大王は、まだ二十四歳と若いが稚足尊《わかたりのみこと》でいかがかな。征圧軍として蝦夷や四国で勇敢であったと聞く」

「稚足命の母方はハックニシラス大王の子孫だったと思うが」

「オオタラ大王（景行天皇）の陵墓は、山辺道のハックニシラス大王（崇神天皇）の陵墓の近くでどうかのぅ？」

と、十市王は皆に諮った。豪族たちは、

「ハックニシラス大王（崇神天皇）とオオタラ大王（景行天皇）の二人がヤマトを豊かにした。

陵墓は近くがいいと思う」

「陵墓の周濠の水で大和盆地の農地はもっと潤うことができる」

大伴建沖王の言葉で、オオタラ大王（景行）は渋谷向山に全長三〇〇メートルの大きな前方後円墳を造営して、埋葬される事になった。

「次の大王じゃが、稚足尊は如何かな？」

「稚足尊は、気配りが働き賢い。細かいところにも気が付くお方だ」

「稚足尊は、話の理解も早いし、相手の気持ちをつかむのも早いお方である」

「おぉ。そうとも」

「お顔も清々しく、大王にふさわしいと思う」

豪族たちの賛同が得られ、次の大王に稚足尊が推挙された。

# 第三章　ヤマト文化の拡散

## ＬＧＢＴと成務天皇

翌年の正月、稚足尊《わかたりのみこと》は、纒向の日代宮で即位し宣言した。（第十三代　成務天皇）
「吾は女である。皇太子の時は、稚足彦と名乗って戦にも行った」

「これからは女御でヤマトの大王を務める。名を『ワカタ大王』とする」

ワカタ大王は、トランスジェンダーをカミングアウトした。

驚いた十市王、物部氏、大伴氏、葛城王や豪族たちは、

「女御が大王で良いのか！」

「わしらは、女御の裁定に従うのか。気持ちが難しいわい」

「しかし、わしらが推挙したことだ。今更、変えるわけにいかないしナ」

末席にいた十市穂広はニコッとした。幼馴染みで稚足尊が女性であることは知っている。

ワカタ大王は、王たちのざわつきを気にせず、続けた。

「ここヤマトの民は、各地に出兵した戦禍で心が荒れている。今後、戦いをしない平和なクニを目指す。ヤマトを豊かにするには平和でなければならない」

「日本各地の王や豪族たちと友好的な連盟を結び交易を盛んする。平和な交易が盛んになれば互い豊かになれる」と、訴えた。

続けて、ワカタ大王（成務）は、

「近江の建部王《たけのべ》と連盟を結び、近江に高穴穂宮を造営して、この秋に遷る」

「近江は、日本各地に向かう街道が集まり、船運もあり便利なところである。そこから日本の各地に使者を送りヤマト朝廷と交易するクニを広げるつもりである」

「大伴雄日《おのひ》と吉備武彦、さらに葛城泊野《はつの》と平群押彦《へぐりおしひこ》、また鍛造、鋳造の工人、農事の達人らも高穴穂宮に遷る。その後、順次、遣使となって各地に行ってもらう」

「奈良は十市王を中心に物部津多彦、大伴建沖らで、しっかりと守ってくれ」

と強い意志を述べ、皆を説得した。

ヤマト朝廷の存在を日本の各地に知らしめることが絶対の使命である、と自分に言い聞かせ
失敗は許されない覚悟でワカタ大王は言い切った。強い女性である。

「近江の高穴穂宮と、ヤマトの十市王、物部津多彦王、大伴建沖王、葛城王との連絡は、武内
宿祢が担う。吾は、日本の各地と連盟ができ交流が進めば奈良にもどる」

さらに、物部王には高穴穂宮から各地に出征するときに兵の支援を頼んだ。

すると十市王は、

「わしも歳を取った。家督を息子の穂広《ほのひろ》に譲って、十市王の名も継がせる。わしは古鍵村で皆
を支えていこうと考えておる。穂広を皆に紹介する」

穂広とワカタ大王は歳が近い幼馴染で、顔を見合わせ「おぉ！」と懐かしんだ。

新たな十市穂広王は、

「我ら王と豪族は『大臣』となり、群臣としてヤマトの民と平和を守り、ワカタ大王を支える」

しかし、この称号は定着しなかった。

夏の終わり、十市穂広王の父親が亡くなった。葬送は龍王山の麓の共同墓地に大きい墳丘を
盛り上げて埋葬した。龍王山は古鍵村の東にある山地である。

秋の収穫祭で歌垣を楽しんだワカタ大王は、若い世代が中心の百余名と共に近江の高穴穂宮
に向かった。世代交代で新しい朝廷が始まる。

若い世代の彼らは、日本統一を夢見てワカタ大王の使者となり、各地に赴任していくことになる。

高穴穂宮に着くと、近江の建部《たてべ》王が歓迎の儀を執り行ってくれた。

翌日から建部王が区割りした場所を見回ったワカタ大王は、鍛冶工房の場所、農耕地の担当などを決めた。

建部王と一緒に、近江の村人たちのところへ向かった。村人たちから建部王に、

「渡来人が増えて、田畑が荒らされ、勝手に住みつき、食べ物を持っていく」

と、訴えてきた。近江は日本海側の若狭から渡来人が入りやすい地域である。

建部王とワカタ大王は相談して対策を相談した。

「まず、在民の人数と住んでいる場所を首部《くべ》に調べさせよう。首部は常に在来民の人数を知ること」

「在来民が住んでいる場所に、字と地名を付ける」

「渡来民を見つけたら、首部と県主《あがたぬし》は渡来民を確保し、県主は渡来民の知識を分別し、分別あるものは連《むらじ》のもとでしばし仕えた後、処遇を判断するとしよう」

「分別なき者は、在来の農民もとで斗人、奴婢として四年仕えた後、田畑を開墾する土地を与える」

「我が日本は、これからも農地を広げていかなければならない。そのための労力は必要である。渡来人といえども分別がついた者には、我らと一緒に働けるようにする」

建部王は、渡来民への対応を指示した。

ワカタ大王は全員を集め、大伴雄日、吉備武彦、葛城泊野、平群押彦の四人を大将とし、各地に派遣する体制と戦略を説明した。

「一隊を十五名から二十名で、その中から炊事担当を決める。食料を多めに持って、食べる事を心配していては気持ちが入らん」

「物部一族の兵士を一隊に三名から五名を加える。いざ戦う時は隊全員で協力連携してくれ」

「それぞれの大将は話し合って、目的地を決めて出征してくれたまえ」

「内陸から行くが良い。海側は外部からの人の出入りあり連盟は難しいと思う」

「美濃と尾張はすでに連盟で良い関係を持っている。もっと東の毛野、上総国、房州と連盟を結べば、周辺のクニグニとも連盟が結べるようになるだろう」

「西は播磨国、吉備までは連盟がある、その先の安芸、長門と四国だ」

「九州の北部のクニグニとは連盟をすすめているが、もう少しだ」

「特に持っていく物は、木簡、長めの飾り太刀と小さい銅鐸と鏡である。他に工人の道具や食料だ。荷物はみんなが分担して運ぶのじゃ」

「それぞれの集落に着いたら、王や豪族や村の長に丁寧に挨拶だ。伝えることは、農事を広げ収穫を上げてヤマト朝廷と交易し共に豊かになろう、と説得することだ」

「ヤマトと連盟を結べば侵略はしないと伝える」

「次に、山麓に鳥居と社を作ることを願い出る。断られたら、鏡を取り出して祈り、ヤマトの民族は、自然に畏敬し、自然に感謝して、天照大神を祀り。安寧を願い鏡に祈念する、と申せば反発はないだろう」

「もし、相手が反抗してきたら一度は引き、次に、物部の兵を前に出し威圧させる。無理はするな。しばらく滞在して相手を見極めることだ。友好的な関係が無理と判断したら撤収する」

「友好的な連盟か従属させるか微妙な交渉になるだろう」

「相手を傷つけ、殺してはならぬ、威圧だけだ。我らの最新の武器を見せろ」

「ヤマトに従属した王には『大連別《おおむらじわけ》』の称号を与え飾り太刀に刻銘して与え、村の長には『県《あがた》主《ぬし》』の称号を木簡に書いて与える」

「クニ、村に名がなければ名前を付け与えよ。人頭に役割と役位つける」

「長く滞在して秋迎えたら、収穫の歌垣や祭祀を行い、皆に楽しい気持ちと神へ厳粛な心を持たせ、ヤマトへの献上品を告げよ」

「献上品の種類と量は、それぞれの集落やクニで違う。大将がそれを見極めて決めろ。その過多は無理するな。継続できる量とする。最初はヤマトと交流をすることだ」

「秋まで滞在して収穫を確認するか、その頃もう一度行くかは、大将が決めろ。祭祀を習慣させることだ」

ワカタ大王は、女性的視点を活かした木目細かい段取りの指示を出すと、大伴雄日、吉備武彦、葛城泊野、平群押彦らは敬服し信頼しきった。

彼らはそれぞれ担当を決め、物部一族の兵を待って高穴穂宮から各地に出発して行った。

行く先々で村人に丁寧に挨拶し王や豪族に取り入っていく。耕作地を広げ農事を提案し、道具を作り必要ならば鍛冶炉まで作った。信頼を固め、ヤマト朝廷と連盟する王や豪族には飾り太刀や銅鐸を与え、祭祀や墳墓の作り方などヤマト文化を広げた。

時には睨みあうことはあったが、ほとんどの村の武器や兵士は形ばかりで威力はなく、殺傷は起きなかった。

一つの集落と連盟を結ぶには、一年、二年と日にちがかかった。しかし良い噂は早く各地に飛び、年数が経ると交流を求めるクニや集落が増えてきた。北は会津の王から使者が来た。

ワカタ大王の征圧軍の噂が各地に広がると、近江の高穴穂宮に隠岐の島の勝箕王《かつのみの》から使者が来た。

「辰韓からの渡来人が多く、食べ物が盗まれて村人が苦しんでいる。助けてほしい」

ワカタ大王は困った。兵士たちを派遣できる余裕がない。武内宿祢を物部津多彦王のところに遣わし相談させた。

「石見の物部仁宜弥《にぎや》を派遣させよう」

「石見から隠岐までは半日で行ける。すぐに仁宜弥に使いをだす」

と、物部津多彦王は応えてくれた。石見の物部一族は、奈良の物部氏の本家にあたる。

武内宿祢の報告を聞いて、ワカタ大王は安堵した。

半年余り後、山辺道の物部津多彦王から連絡が届いた。

『隠岐の島に来た渡来人は、確保して斗人として石見の採掘場に入れた。勝箕王の話しでは、最近、半島から渡来人が多くなった。隣の竹島の住民も苦しんでいる。防人が必要だ』

『隠岐の島の勝箕王や竹島の住民は、ヤマトの大王に守ってもらいたいと願っている』

武内宿祢は物部津多彦の話をワカタ大王に報告した。

隠岐から竹島へは一日かからないで行ける。

竹島の住民は、魚貝類や海鳥の羽根で、北部九州のクニグニや出雲や伯耆と交易をしている。

ワカタ大王は、物部津多彦王に隠岐の島と竹島に防人の派遣を命じた。

隠岐の勝箕王と防人には、渡来人を確保させて石見に送るように命じた。渡来人の分別を石見の物部仁宜弥に任せた。

隠岐の島から魚介類や海鳥の羽根が献上されるようになった。

上総国から膨大な献上品が届いた。ワカタ大王は、他の王や豪族から献上された品の一部を返礼品として下賜した。

交流、交易の面白さが各地に広がっていった。更に各地から献上品が贈られ、直轄の屯倉や田畑ができ、ヤマト朝廷の増収につながってきた。

ワカタ大王は、連盟を結び従属した各地の王や豪族に称号を与え、その領地には国境を定め、村に名を与えた。各地の王や豪族は次第にヤマト朝廷の組織に組み込まれていった。

鳥居が立てられ、社と拝殿が造営されて天照大神を祀る祭祀が行われるようになり、墳墓の慣習も広がった。天地自然を畏敬するヤマトの文化は各地に受け入れられていった。

近江の高穴穂宮に移って十年経っていた。ワカタ大王は三十四歳になった。

長門の国のアシナカツ王から、海運の協力と連盟が申し出されてきた。九州との関係作りの道を模索していたワカタ大王にとっては、願ってもない申し出である。すぐにアシナカツ王に使者を送り、近江の高穴穂宮で話し合う事となった。

数ケ月後の春が浅いころ、三十九歳の若いアシナカツ王が三艘の船団で大淀川を上り宇治川、瀬田川をたどって、遠路、近江に着いた。

高穴穂宮に招き入れ、アシナカツ王を一目見たワカタ大王は、海の男の匂いと力強い声に膝が震え胸も高鳴った。

「遠い所、良くいらした。我々のヤマト朝廷は諸国と平和な連盟を結び、交易を盛んにし豊かな国造りを目指している」ワカタ大王の歓迎の言葉は、上擦っていた。

アシナカツ王はワカタ大王を一目見て、

『なんと！　白く好き通った綺麗なお方だ』

と、ワカタ大王をジーっと見つめ、女性であると見抜いた。

「我ら長門国は海運で暮らしております。交易ではヤマト朝廷にお役立てします。更に、三韓や漢の国とも交易がございます」

「外洋の海運では、吾らと親睦がある末盧国の松浦王が得意としておりますので、ご紹介できます」

と口上すると、ワカタ大王は、

「ヤマト朝廷が西の海運強国と連盟を結べるのは、この上なく喜ばしい」

と述べ、早速、連盟の手続きを進めた。

「今宵は宴を用意しました故、ゆるりとお楽しみいただきたい」

「ありがたき幸せ。ワカタ大王と懇親できるのは今生の喜びであります」

アシナカツ王とワカタ大王は宴席の建屋に移った。

年代が近いワカタ大王とアシナカツ王は、臣下たちともに楽しく盛り上がった。

二人は朝まで語りあい、ワカタ大王の心に女性が芽生えた。

アシナカツ王は、長門に帰る日、ワカタ大王に求婚した。

「まだまだヤマト朝廷のため、日本の為にやり残していることがある」

と、ワカタ大王は返事を濁した。

ワカタ大王（成務）の懐柔政策で、各地の王や豪族たちと同盟が広がり、交流も深まって日本の各地にヤマト文化が浸透し活気が出てきた。

出雲と吉備の財力と技術はヤマトより優れており対等の同盟になった。

北部九州の三十余りのクニグニは集散淘汰が進み、末盧国、伊都国、奴国、投馬国、支推国など十くらいになり、それぞれがヤマト政権と対等な立場で交易をしている。

ヤマトに反発が強いクニは蝦夷、熊襲、隼人である。

一ケ月後。

北部九州の奴国と支推国から支援を求めてきた。南から熊襲が侵攻してきて、略奪を繰り返しているという。

ワカタ大王は全国へ兵の派遣を続けており、兵力を九州に派遣する余裕がなかった。

長門国の豊之浦宮のアシナカツ王に遣使を出した。

『北部九州の奴国や支推国、投馬国に熊襲が攻め入り、奴国と支推国から支援の要請が来ている。速やかに熊襲を討伐されたい。熊襲を追討した暁には、希望のものをとらせる』

アシナカツ王は小躍りして喜び、遣使に返答した。

「ワカタ大王と結婚できるなら、我らが熊襲を抑えましょう」

遣使は伝言を持って急ぎ高穴穂宮に戻った。

ワカタ大王は、

「熊襲を討伐したならば、吾がアシナカツ王に会って話を聞きましょう」と応じた。

長門国のアシナカツ王は、海運を通じて末盧国はもとより南九州の隼人や熊襲、日本海側の出雲、伯耆、瀬戸内や四国のクニグニとの交流が深かった。

熊襲の王と親交があるアシナカツ王と松浦王は、早速、熊襲の益隅《ますくま》王に使者を送った。

数日後、末盧の松浦王と耳納山地の南麓にある益隈王の館を訪ねて、会談を重ね、熊襲の兵を耳納山の南まで下げさせることで合意した。その後の北進を許さなかった。

熊襲が北部九州から撤収したとの知らせを受けたワカタ大王は、アシナカツ王が熊襲を征圧したと誤解し、ヤマト朝廷にも熊襲を従属してくると期待した。

# 第四章　仲哀天皇と神功皇后

## 女性天皇になれなかった

　ワカタ大王（成務天皇）は、武内宿祢を伴いヤマト古鍵村の十市穂広王を訪ねた。

「近江の高穴穂宮を撤収し、臣下をヤマトに戻し、吾は長門国のアシナカツ王の后となり、ヤマト朝廷の大王の冠位をアシナカツ王に譲位する」と伝えた。

　驚いたのは、山辺道の十市穂広王や物部津多彦王、大伴建沖王たちであった。

　続けてワカタ大王は、

「熊襲を征圧したら望みのものを取らせるとアシナカツ王に約束をした。それが私との結婚であった。私は好んで受け入れる」

「譲位してもアシナカツ王は、ヤマトの治世ことがわからぬ。后になっても私が院政を行う。近江の高穴穂宮にいた時と同じように、頻繁に連絡の使者をおくる故、今まで通りであろう」

「九州のクニグニを従属させた後、ヤマトに帰還する。その時まで物部一族、大伴一族、平群一族、葛城一族は、昔のように皆でヤマトを守ってほしい」

「大王は、奈良盆地の実際を見聞し、我ら王や豪族と直接、話し合って民を守るのが勤めであるが、ワカタ大王は女御であったな。仕方あるまい」

十市穂広王は、あきらめ顔で応えた。

翌日、十市穂広王は、物部津多彦王、大伴建沖王らに加え、葛城穂道王、高市磯原王、添豊駒王、志貴坂耳王、平群忍武王ら奈良盆地の主な豪族や群卿、群臣たちを集め、ワカタ大王の主旨を伝え、今後の対策を話し合った。

「日本統一が間近なのに、大王がヤマトに居ないと、都が九州になってしまう」

「ワカタ大王はアシナカツ王に惚れてござる。もう戻って来ないであろう」

「ワカタ大王が、これからも九州征圧を続けるなら、兵士軍が必要になるだろう。我らに要請がきたらどうするか」

「もう、九州征圧は考えていないだろう」心配する意見が続いた。

「ワカタ大王が奈良に戻る目途がない。新しい大王を擁立しようではないか」

と、葛城穂道王が提案した。

「そうだ、それが良い」物部津多彦王と平群忍武王が賛同すると皆も従った。

「各地に移ったハツクニシラス大王（大国主命・崇神天皇）の子孫を探そう」

「年齢は三十歳くらいが良いだろう。男でも女でもよい」

武蔵国、上州、房州、安曇野、駿河、美濃、但馬、出雲などへ、子孫を探す使者を出した。

物部津多彦王は、家督を伊速彦に譲ることをヤマトの群臣たちに伝えた。

ワカタ大王は、近江の高穴穂宮に戻り、建部大王に長門国に行く旨を話し、

「この高穴穂宮は、しばらくの間、残しておいてほしい」と申し出た。

近江についてきた若い家臣の葛城泊野、大伴雄日、吉備武彦、平群押彦らにも告げ、近江に残りたい者は残り、奈良に戻りたい者には高穴穂宮から撤収の準備を命じた。

葛城泊野には共に長門に行くように命じた。

建部大王が催してくれた別れの宴の翌日、ワカタ大王と武内宿祢、葛城泊野ら約三十人は二艘の船で大淀川を下り長門の豊之浦宮に向かった。

大伴雄日は、近江から奈良に戻り父の大伴建沖王に帰還の挨拶をすると、

「おぉ。無事に戻って何よりじゃ。ご苦労であった。待っていたぞ。良かった、良かった。わしは引退できる。これからは大伴家を守って大王を支えてくれ。わしは体も弱くなった。頼むぞ」

と、父から言葉で大伴雄日は家督を継いだ。

長門のアシナカツ王には后の大中津姫《おおなかつひめ》と男の子二人がいた。男の子の名は籠坂命《かごさかのみこと》と忍熊命《おしくまのみこと》という。十五歳と十三歳の元気いっぱいの息子たちは、控えめな大中津姫と仲睦まじく暮らしている。

ワカタ大王の一行が突然訪ねてきても、大中津姫は礼儀正しく歓迎の儀に参列した。

アシナカツ王は、遠賀の高倉主命に、筑紫の香椎に宮を造営させ。ワカタ大王一行を迎える準備を整えていた。

一ケ月後、卑弥呼が香椎宮で神託をして、アシナカツ王とワカタ大王の婚儀が執り行なわれた。

翌年の正月、アシナカツ王は、香椎宮でヤマト朝廷の大王・アシナカツ王（仲哀天皇）であ

ると宣言した。奈良の十市穂広王に使者を送った。

アシナカツ王のヤマトの大王の宣言を受けて、ワカタ大王は、大中津姫と息子たちに、

「将来、ヤマトの大王になるために、都の生活に慣れ親しみ学びなさい」

と、近江の高穴穂宮に行くことを勧めた。アシナカツ王も賛同し、籠坂命と忍熊命は、葛城泊野の先導で近江に向かうことになった。

ワカタ大王は、葛城泊野にヤマトの十市穂広王への書簡を託した。


【アシナカツ王はヤマト朝廷の大王と認め、ワカタ大王は神功皇后となる】


無事に近江の高穴穂宮に到着した葛城泊野一行は、建部王に籠坂命と忍熊命の二人を預け、奈良の葛城家に戻って帰還の挨拶をした。

「只今、戻りましてございます。つきましては、妻を娶りたくお願い申し上げます」

父の葛城穂道王は息子の葛城泊野の顔を見てホッとした。

「おぅ。ご苦労であった。帰りを待っていたぞ」

「なに？　妻を娶ると？　おぉ良いよい。どこの誰じゃ？」

「丹後の田島守の娘・高額《たかぬか》姫と申します。近江にて知合いました」

「よかろう、よかろう。田島守の娘なら良いぞ」

「これを機会に、この葛城家の家督を泊野に譲ることとする。わしも体力が落ちてきて、歳に勝てなくなった」

「明日から、ヤマトの王たちに結婚の挨拶に回りなさい。最初は十市穂広王がいい」

「そうだ、挨拶にはクルミ餅を持っていきなさい。めでたいことだ」

「はい、私もワカタ大王から十市穂広王への書簡を預かって参りました」

翌日、十市穂広王を訪ね、結婚の報告と、ワカタ大王の書簡を渡した。

二年後。

香椎宮でワカタ大王は、アシナカツ大王（仲哀天皇）の后・神功皇后になった。

まもなく赤子を出産したが幼命で亡くなった。神功皇后は嘆き悲しむ気持ちを抑えて、ヤマトの政事に打ち込もうとしたが、何をしてもうまくいかない、筑紫からヤマトは遠い。産後うつと子を亡くした母親の虚しさが同時にワカタ大王（神功皇后）を襲っていた。次第に、アシナカツ大王の船運にも口を出し、取り仕切りをするようになってきた。

船運は、アシナカツ大王にとって大きな利権の大事な仕事で、生き甲斐でもありプライドをもっている。神功皇后（ワカタ大王・成務）の意見は煩わしかった。

船の運行は自然の摂理に身を任すところがある。船乗りを大事にして出帆や航海の安全には神託の卜占や陰陽五行の教えを大事にしている。

数年後の二月、香椎宮で、海が荒れる冬に終わりを告げる春待ちの神事が行われる日、巫女には卑弥呼の宗女・壱与が呼ばれた。卑弥呼が送り出した孝女や細女たちの情報網は、今も健在で倭のクニグニの状況を伝えている。

香椎宮の春待ち祭事は、宴となり清めの酒が供され興が乗ってくると、アシナカツ大王（仲哀）が琴を奏ではじめた。当時の酒はアルコール度数が二十～四十度近くの強いお酒と言われる。

壱与が祭壇に向かい祝詞をあげト占を述べ始めた。

「西の彼方に多くの宝物を持つ部族がいる。彼らは武器が少ない。直ぐに征圧できる」

それを聞いた二人目の子を御腹に宿した神功皇后は、アシナカツ大王（仲哀）に、

「早速、出兵の命令を出すように。新しい御子のために宝物を奉じましょう」とアシナカツ大王に強く進言したが、船に関する神託にしか興味がないアシナカツ大王は、西方の部族を襲う気持ちが起きなかった。

「西には伊都国があり、その先に末盧国には吾の信頼する松浦王がいらっしゃる。さらにその先は海じゃ。その神託は信じることはできん」と、アシナカツ大王が言うと、壱与は、

「伊都国の外れのように見えます。黄金の輝きが小さくなってきております」

壱与はアシナカツ大王と松浦大王の親密さを忘れたことに気づき、神託を補正した。末盧国は昔、卑弥呼一族が東シナ海で遭難しそうなところを助けた松浦王の国だ。

「それ見ろ、吾は、船の運航だけの神託を信じる」

と、言ってアシナカツ大王は前に倒れ、そのまま息を引き取った。

在位九年で五十二歳だった。

殯《もがり》の宮で哭女《なき》が三日三晩、額汁《ぬかしる》で歌い舞い泣いた、葬送の日は、神功皇后はじめ臣下たちは清めの酒を飲んで酒杯を割った。

アシナカツ大王の亡骸は、全身を白い布で巻かれ船に載せられ玄界灘の沖遠くに、割られた

土器と共に海葬された。海の男は海の上では皆平等だ。海葬した死者が航海の安全を守ってくれていると信じている。海を通るたび身がしまる思いをするものだ。

アシナカツ大王（仲哀天皇）崩御の知らせは奈良の王たちに伝えられた。

十市穂広王は、早速、物部伊速彦王、大伴雄日王、葛城泊野王ら豪族や群臣を招集した。

奈良盆地の王、豪族たちは、ヤマト朝廷の大王は自らの集落の周辺に住むべきと考えていた。

『神功皇后（ワカタ大王）が奈良に戻ってくればいいが？』

『九州征圧が進んでいないから、もどれないだろう』

『やはり、ハックニシラス大王の子孫を探し、ヤマト朝廷の大王に立てるべきだ』議論が白熱した。

奈良の王や豪族は、自ら進んでヤマト朝廷の大王になる気持ちはない。自分たちの集落の民と安寧に暮らすことが幸せと思っている。

「ハックニシラス大王の子孫を早く探そう。それと、筑紫の香椎宮のワカタ大王の意思を確かめに使者を出そう」

筑紫の香椎宮に遣使を送った。

アシナカツ大王（仲哀）が崩御した半年後、神功皇后の妊娠が安定してくると、新羅に出兵する準備を始めていた。

ヤマトからの使者と面会した神功皇后は、

「朝鮮半島で内乱が起き、鉄素材の調達が滞っている故、来月には朝鮮半島の三韓に向かわなければならない。今はヤマトに戻れない」と、応じた。

十市穂広王のもとに、北部九州の状況と神功皇后の考えや、各地に住むハックニシラス大王の子孫の状況も集まって来た。

ハックニシラス大王の子孫のほとんどは、それぞれの土地に溶け込み、家族を持って豊かに暮らしており、ヤマト朝廷に興味を示さなかった。

安曇野に赴任したオオタラ大王（景行）の雄薄皇子の子孫は、土地を広げ村人も増え豊かな村で勢力をつけた大王になっていた。

賀陽正彦は、吉備に帰っていたが直接の子孫ではない。

天稚命の子孫は、葛城山の麓で暮らしている。

平群忍武王が、使者からの報告を伝えに来た。

「貴俣命の子孫でオサザキ尊という若者が出雲の能義の里で健在と分かった。今は家族四人で狭い田んぼを耕しているそうだ」

「貴俣命と言えば、ハックニシラス大王（大国主命）と八上姫の御子だったな」

「ヤマト朝廷の大王となる系譜に申し分ない人物じゃ」

「彼の人となりの資質を見なければならない」

「そうだ、それと奈良に来るか確認しなければなるまい。平群忍武王と大伴雄日王で資質と説得に行っていただきたい」と、十市穂広は平群忍武と大伴雄日に顔を向けて頭を下げた。

その年の九月末。

神功皇后（ワカタ大王）は、遠賀の高倉主命ら家臣を連れ筑紫の宮地嶽神社に参拝した。その翌日、武内宿祢の見送りを受けて神湊から朝鮮半島に向けて出帆した。留守中、皇后の座争いや陰謀が起きぬよう武内宿祢に監視を頼んだ。

神功皇后一行は、対馬の鰐浦で補給し朝鮮半島の塩浦に着いた。村は荒れて食料を求める人々が激しく動いており内乱の激しさが伝わった。神功皇后一行は、辰韓、弁韓、馬韓の港に寄りながら三韓を管理する卒府を訪ねた。卒府の太子に鉄素材の出荷を約束させて帰国の途についた。

十一月末、筑紫の宇美に帰り着いた臨月の神功皇后は十二月十四日、男の子（のち応神天皇）を出産した。名をイザサ王子とした。大王への継承順位は、大中津姫の子の籠坂命、忍熊命に次いで第三位になる。籠坂命と忍熊命は、母親の大中津姫と近江の高穴穂宮で暮らしている。

神功皇后はイザサ王子と一日中べったりと過ごし溺愛した。最初の子を亡くしているから、尚のこと二人の時間を大事に過ごした。

神功皇后は、十市穂広王にイザサ王子の誕生を伝え、ヤマト朝廷の大王に即位させるように要求した。

「イザサ王子は、大王にはまだ幼い。筑紫でしっかりと育てられるがよろしい、ヤマトに上るときは改めて許しをだす」と返事が来た。

『ヤマトの群臣たちに見放されたか！』神功皇后は怒り心頭となり、ヤマトに行くことを決心する。

『何としても。イザサ王子をヤマトの大王にするのだ！』神功皇后は心に誓った。

＊　＊　＊

イザサ王子を遠賀の高倉主命のもとに預け、神功皇后と武内宿祢はヤマトに向け出発した。

十市穂広王らを訪ね、イザサ王子をヤマトの大王にしたい意思を伝えた。

「そなたは、ヤマトの大王の候補として籠坂命と忍熊命を近江の高穴穂宮に送り、大王の準備をさせているではないか」葛城泊野王が不満をこめて言った。

「私に御子が授かった。状況が変わったことを理解願いたい」

神功皇后は食い下がった。

「イザサ王子に神の託宣があればヤマトの大王として検討をしよう」

と、十市穂広王は群臣たちの前で神功皇后と武内宿祢に厳しく言った。

失意で筑紫に戻った神功皇后と武内宿祢は、遠賀の高倉主命のもとで策を考えた。

三年後。

イザサ王子は、母親に甘える我儘なマザコンに育っていた。

神功皇后は、高倉主命とイザサ王子を連れて船で日本海側から敦賀を目指した。敦賀は大陸や半島の交易の拠点でもあり、渡来人が多くたどり着くところである。

敦賀に着いた神功皇后一行は、気比神宮に参拝し、イザサ王子の卜占を祈った。

「イザサの名を気比神宮に預け、新たにホムダ命と名乗れば、ヤマトの大王にふさわしい、とお告げがあった」と、神官から神託が告げられた。

神官から竹簡の託宣を受け取ると、神功皇后は喜々として奈良に向かった。

一方、武内宿祢は、イザサ王子をヤマトの大王にさせるのに邪魔になった籠坂命と熊命を討ちに、軍勢三十人ほど連れて瀬戸内から近江の高穴穂宮に向け出発した。大淀川から宇治川を上り、瀬田川から琵琶湖に入り山代で船をおりた。そこから陸路で近江に入り、夜を待った。

深夜、高穴穂宮に火を放ち建屋から飛び出してきた忍熊命を一打で討ち倒した。瀬田に逃げた籠坂命は琵琶湖畔で捕まえ斬り殺した。

神功皇后と武内宿祢はヤマトの明宮で合流し、十市穂広王に面会し、氣比神宮の神託を渡した。

十市穂広王は、葛城穂道王、高市磯原王、添豊駒王、志貴坂耳王、平群忍武王らを集め、渋い顔をしながら合議を始めた。

「神功皇后（ワカタ大王）が気比神宮の託宣を持って、ホムダ命をヤマト朝廷の大王にしたいと願い出てきた。皆の意見を聞きたい」

ヤマトの群臣たちの気持ちは、貴俣命の子孫のオサザキ尊を次の大王にする方向に傾いており、今さら神功皇后が自分の子をゴリ押ししてくる事に嫌気がさしていた。

「ヤマト朝廷の大王の継承は正しくあるべきである」と、物部伊速彦王、大伴雄日王、高市氏、添氏、志貴氏らの王や豪族から難色の意見が出た。

十市穂広王が神功皇后に条件を付けた。

「ホムダ命は未だ幼い。三十歳になれば認めよう。それまで筑紫の国で育て、立派な大人になっていれば、ヤマトに宮を与えよう」

「私が後見人となって摂政する故、我らがヤマトに居る間に即位の儀式を行いたい。仮でも良いから願いたい」神功皇后は食い下がる。

「筑紫の国から摂政も出来ないだろう。ワカタ大王とは幼い頃は一緒に遊んだ仲だ。お互い歳も取って無理ができない」「高齢になった故、急ぎたいのです」と神功皇后。

「まぁ、ワカタ大王がそこまで願うなら、ホムダ命の即位の儀式を仮でも執り行おう」と幼なじみの十市穂広王はこの場を収めた。

早速、橿原の明宮でホムダ大王（応神天皇）の即位式が執り行われた。ヤマトの参列者は、十市穂広王、物部伊速彦王、大伴雄日王と葛城泊野王である。

神功皇后一行が筑紫に向けて出発すると、十市穂広王は亡くなった。

十市穂広王に子がなく、古鍵村の民を物部伊速彦王と大伴雄日王が守ることになった。

＊＊＊

筑紫に戻った神功皇后は、北部九州のクニグニの王や豪族を香椎宮に招き、

「ホムダ大王は、ヤマトの都でヤマト朝廷の大王に即位した。元服まで筑紫の香椎宮で暮らす。それまで吾が後見する」と伝え、祝賀の宴を開いた。

十市穂広王の言葉『三十歳まで筑紫で』は、言えなかった。

ホムダ大王の即位の宴が終わると、武内宿祢は神湊の差館《さやかた》に戻ってまもなく亡くなった。

香椎宮には三歳のホムダ大王と神功皇后が残り二人はいつも一緒に過ごすようになった。側近は静かに見守り、出かける時はニコニコしながら従って歩いた。

高倉主命に相談で遠賀の館に行くときも、神功皇后もホムダ大王と一緒した。

九州の耳納山地の北側から脊振山迄のクニグニはヤマト朝廷と連盟を結び交流が深まっている。それより南の熊襲や隼人がヤマトに反発を続けている。隼人は北部九州のクニグニと交易が多く、いい関係を持っているがヤマトとは交渉に応じよう、としなかった。

神功皇后は、ホムダ大王が筑紫に居ることを利用して隼人に接近した。

「九州の筑紫で誕生した御子がヤマト朝廷の大王になったのだ。今も筑紫の香椎宮に住んで居る。同じ九州人の隼人は、今がヤマト朝廷と連盟を結ぶ良き時であるぞ」

と、隼人の姶羅《あいら》王に使者を送った。

姶羅大王は『ヤマト朝廷の大王が九州に居るならば、ヤマト朝廷と手を結ぶ時と考える』と、神功皇后に伝えた。

隼人との連盟を土産に、神功皇后はホムダ大王を奈良に凱旋させようと、物部伊速彦王に使者を出した。しかし、返事は「隼人の兵をヤマト朝廷に仕えさせよ。ホムダ大王は三十歳に達していない」と返って来た、
神功皇后は、隼人の兵士十名とその家族を山辺道の物部一族に派遣させた。

筑紫の香椎宮でホムダ大王（応神天皇）が二十五歳になり、高木日姫との間に三人の皇子がいる。さらに二人の皇女が生まれた。生涯では妃十人の間に二十七人の子を持ったとされる。

神功皇后は高齢になり体力が衰え、ホムダ大王のいく末が心配でたまらなかった。香椎宮に高倉主命を呼んだ。高倉主命も高齢で息子の高倉産武《さんぶ》と一緒に香椎宮にきた。

「ホムダ大王が三十歳になるまで待てない。早くヤマト朝廷の大王にしたい」と訴えた。

「巫女の壱与を香椎宮に呼び、卜占をしてもらいましょう。ホムダ大王は幼い頃より神の導きで良い運を持ってきています」と高倉主命は答えた。

壱与は、香椎宮で長い祈祷をして、静かに言った。

『正月晴れた日に筑紫を出発せよ。ヤマトの葛城一族を訪ねよ。ホムダ大王は奈良でヤマトの大王になれる』と託宣した。

奈良では葛城一族の権勢が強くなり、他の王や豪族たちはそれを黙認している。

葛城泊野王は、葛城山の麓に、一言主神社を建立し、葛城山をご神体とした。ハツクニシラス大王の三輪山をご神体とした大神神社に対抗して一言主神社を造営した。

冬の瀬戸内を航海するには高齢の神功皇后の体力には辛いものがあった。高倉産武と一緒に筑紫を出発し、奈良に向かった。

神功皇后は、葛城泊野王を訪ね、ホムダ大王（応神）のヤマト朝廷入りを願いでた。

「ホムダ王（応神）を奈良に迎えよう。橿原の明宮でヤマトの地を守っていただきたい」

とあっさり受け入れてくれた。

「ヤマトに帰還の儀を執り行おう。警護には、隼人の兵士たちをつける」

葛城泊野王は支援まで申し出た。神功皇后は、

「帰還の儀の折に、改めての即位の儀もお願いしたい」

一ケ月後、二十七歳のホムダ命（応神天皇）は、奈良・畝傍山の明宮でヤマト朝廷のホムダ大王と認められた。

儀式が終わると、高倉産武は筑紫の三里宮に帰り、肩の荷が降りた神功皇后は、そのまま畝傍山の大隅宮で臥せって寝込んだ。

その年の初夏、神功皇后は薨去した（『日本書紀』によれば庚寅年で享年百歳とある）。

波乱に富んだ神功皇后（成務天皇・ワカタ大王）の生涯は終わった。

（第二部　了）

# 第三部　難産のヤマト政権

## 第一章　もがく応神天皇

### 頑張るマザコン

櫃原の明宮でのホムダ大王（応神天皇）は、特段する仕事もなく、妃を次々と娶り、男十二人、女十五人の皇子と皇女を持った。子供たちの顔と名前は覚えられなかったが賑やかになった。

それでも、なんとなく気持ちの苛立ちはおさまらない。何故だろう。

一人で寝る夜は、悶々としながら眠りについた。

【母上……お母さま……おかあさん……おかあちゃん……俺？　これで良いの】

【独り言を聞いてくれる人が誰もいない。独り言を言えば大王の意志になってしまう……】

【違うんだ！　母上のように、聞き流しながら聞いてくれる人が欲しい……】

【嫌だ……もう、ここは嫌だ】

【香椎で……あの時の、母上に会いたい……】

ある日、ホムダ大王は意を決し、物部伊速彦王、大伴雄日王、葛城泊野王らに、

「筑紫に戻り、三韓との交易や鉄の生産状況をみてくる」

と、申し出るとあっさり賛同してくれた。

初夏、隼人の兵士十余名と筑紫に船で向かう、気持ちは明るくなった。

筑紫の香椎宮に着いたホムダ大王（応神）は、建屋を見てその変わった姿に愕然とした。

高倉主命の家臣の三家族が香椎宮を守って、庭の手入れは行き届かせ建屋の中はきれいに片付けていたが、屋根や戸板は朽ちていた。ホムダ大王は早速、修繕の指示と費用を出した。

修繕をしている間、遠賀の高倉主命を訪ね、高倉産武《さんぶ》とも再会した。幼い頃から共に遊んだ友である。高倉主命は高齢になったがシャキシャキしている。

「おぉ！　よう戻られた。懐かしいのう。何年になるかのう」

「ご無沙汰致しております。もう二十二年になります」

「ヤマトの橿原明宮では古くからの群臣が治世をしてくれるので私にはやることがございません。群臣たちは気が利いてとても良い者ばかりです」

「ヤマトはそうであるか。こちらではアシナカツ大王（仲哀天皇）が亡くなってから長門の国で内乱が起きて、外海の油谷王と瀬戸内側の琴崎王に分かれてしもうた。今は仲よく海運を助けおうている」

「そうですか、大きく変わってしまいましたようですね。他の倭のクニグニは如何でしょうか？　三韓からは、鉄は順調に入ってきますか？」

「鉄は、う〜ん、ちょっと難しい状況だな」

「三韓の要求が厳しくなって、要求してくる物が多くなった。要求を受け入れるクニと反発するクニがあって、混乱が始まりつつある。倭のクニグニをまとめるには丁度良いときにホムダ大王が戻って来てくださった」

「倭のクニグニを訪ね、色々と聴いてみるのが必要ですね」

「うん。それがいい。まず末盧国の松浦王を訪ねるのがいいだろう」

「そうですね。つきましては、香椎宮の修繕をしていますので、当面の間、ここ三里宮を拠点に遣わしてください」と、お願いした。

「ここ三里宮はホムダ大王の家と同じようなものだ。ゆるりとなされなさい」

　ホムダ大王は、高倉産武と隼人の兵士たちを伴い、最初に伊都国の背弥王を訪ね、帯方郡の状況を聞き取り、次に末盧国の松浦福元王に海運交易の状況を尋ねた。末盧国の王は松浦福元になっていた。

「最近、三韓からの要求は種類も量も増えてきており、それを用意できるクニは良いが、用意できないクニは苦しんでいる」

「どんな物ですか？」

「ミカンや柑橘類、栗などは前からの交易品だが、ブドウ、果実、根菜類や木材など種類が増え、鉄製武器も要求してくる」

「倭のクニグニの食料が減ってしまいますな」

「倭の王たちも苦悩しておるようです。鉄の為に食料が取られるのはどうかと考えて、加工品で話をつけてくれと言うクニも出てきています。さらに海上で船を襲う賊が出るようになって荷物が奪われることも起きるようになりました。松浦の船も襲われました。その賊は中国では倭寇と言っているようですが、どこのクニの船か分からないでいます」

「う〜ん。思った以上に、朝鮮半島の内戦が色々と影響しているようだな」

「朝鮮半島のことは、長門国の油谷王がわれら以上に知っている。訪ねられるより詳しく知る事が出来ると存じます」

ホムダ大王（応神）は、奴国、不弥国、投馬国、支推国、邪馬国、対蘇国など北部九州の倭のクニグニを訪ね、最後に志賀の港から響灘を渡り長門国の油谷王の話を聞いた。

「高句麗の港は、小さな軍船がいっぱい停泊している。彼らは漢人の侵攻を恐れて備えをしている。定州《ちょんじゅ》や南甫《なむぽ》の港は大型船も停まっている」

高句麗は、漢人が攻めてきたら逃げ場所を作り、そこから反攻する作戦を持っているようだ。そのためにも彼らは武器を作る鉄が必要なのだ。

高句麗は、倭のクニへ侵攻する意図はないとホムダ大王は読んだ。しかし、北部九州が困窮しているのは状況に変わりない。

高倉主命と高倉産武は遠賀の三里宮に戻ると、

「我らで三韓を征圧しないと、鉄素材は入手できない」と高倉主命に訴えた。

「三韓の後ろにはしぶとい高句麗がついている。昔は漢の国が後ろ盾だったが、今は高句麗が相手であるぞ。難しいぞ。高句麗は中国に滅ぼされそうになっても、何度も復活してくる恐ろしい国じゃ、漢人も手を焼いているようだ」

「高句麗と話し合って、鉄の交易だけでも巧くできないかなぁ」

「高句麗と戦うのは止めた方がいいがのぅ。兵がどれだけ集まるか分からん」

と、高倉主命は諭す気持ちを伝えた。

「しかし、このまま倭国の民を苦しませるのは忍びない。何としても兵を集めてくだされ、参謀もお願いしたい」ホムダ大王は食い下がった。

「わしは体力が落ちて行軍は無理じゃ。息子の産武と、その弟の遅途《ちと》と奴国の将軍・豊基多鹿《とよきたか》博《ひろ》の三人で相談なさるとよかろう」と、高倉主命は話を振った。

倭のクニグニの実情を整理し、高倉産武、高倉遅途と豊基多鹿博らは、三韓と高句麗について熱い議論を続けた。高句麗の広開土王の情報が少なくて方針が決まらなかった。高句麗に出陣したい気持ちは持っていたが勇気が湧いてこない。

やはり母者が居ないと寂しい【背中を押して欲しい】と思った。

ホムダ大王と隼人の兵士十人は、修繕が終わった香椎宮に入った。

「ありがとうございます。香椎宮が見違えるほどに綺麗になりました。我々も風の音を気にせずに過ごせます」

高倉の家臣たちが迎えに来て、礼をいった。

馬韓からの使者が香椎宮のホムダ大王を訪ねてきた。

「百済を建国しました。馬韓から百済になり領地が広がりました」

「百済の王、肖古王からの献上品でござる」

と、宝物、装飾品、武器、甲冑など、長い七支刀を差し出した。

「おお、献上品をありがたく頂戴する。しかし、吾は、筑紫に仮住まいの身で、返礼の品が用意できない」ホムダ大王は礼をし、言い訳を述べた。

「返礼品とは滅相もございません。肖古王が百済の国を建国しましたが、辰韓や弁韓で、北から新一族が侵攻して戦いが続いております。我らの百済を守るために、支援をお願いに参りました」

と、使者は願い出たが、ホムダ大王は、

「う〜ん。今は兵を出せぬ状況じゃ。ヤマトの将軍とも相談が必要じゃ。親書を肖古王と新一族の王にしたためる故、それで争いを治め、国を守っていただきたい」と竹簡を用意した。

「新の王に渡せる機会はあるか？」

「それは難しゅうございます」

「間者を飛ばしても渡せなかったら、それでよい」

肖古王には貴国を守る盟約の内容を竹簡に書き、新一族の王には弁韓と百済は倭国との間に盟約があり、侵略されれば倭国は大軍を派遣すると書いた。

竹簡を紐でつなぎ木箱に入れて使者に渡した。近隣で採れた農作物を手土産にして帰らせた。

ホムダ大王は、遠賀三里宮を訪ね、百済の使者がもたらした高句麗の情報や朝鮮半島の状況を、高倉主命、高倉産武、高倉遅途、豊基多鹿博らに話した。

「新一族の後ろには高句麗がついているのが分かった」と、豊基多鹿博が納得した。

「扶余《ふよ》と沃沮《よくそ》の間にあった高句麗一族が広開土王をたて楽浪郡や周りを侵略して作った国だそうだ。帯方郡はまだ攻めていないようだ」ホムダ大王が説明した。

「高句麗がどれくらい強いか分からん。でも、このままジィーっとしていたら、三韓が占拠されてしまう。我らの鉄の権益を守るため戦おう」

「戦うとしても、高句麗は黄海の向こうぞ。遠いぞ。船も大きいのが必要だ」

高倉産武が慎重論を述べた。

「高句麗に我らの存在を気づかせ、朝鮮半島の南に倭国があることを示すべきだ」

「鉄を守る意思表示を見せるためにも高句麗に向かおう」

豊基多鹿博と高倉遅途は口を揃えた。

「よし。分かった。軍船を出そう。小さな戦いで高句麗の戦力みてみよう」

ホムダ大王は、結論を出した。

「百済と共に高句麗に向かう。大きい船十艘と兵士を三百人集めろ」と準備を命じた。船の大きさは、油谷王の話を参考にした。

高句麗へ出陣の日、ホムダ王は改めて念を押した、

「高句麗に上陸しても深く入ってはならぬ。高句麗の兵士が出てきて、攻めてくるまで待つの

だ。少し小競り合いして相手の兵力を見て船に逃げ込むのだ。そのまま帰還する」

船八艘に二百人の兵士と上陸用の小舟を積んで静かに出帆した。途中まで、長門国の油谷王が先導した。油谷王は日本海、東シナ海の外海の海運をしている。

南甫の港の岩陰に船を隠し、夜明け前、小舟で百人ほどが上陸して、村人を脅して内陸に入っていくと、高句麗の兵士が集まって、攻めてきた。すぐに撤収して船に逃げ込んだ。船の中から高句麗軍の武器を眺めて調べた。

高句麗との戦いは無傷で終わり、帰路、百済に寄港すると、肖古王はホムダ大王たちを歓迎し、弁韓が加羅国になった事や、今も内乱が続いていると教えてくれた。

十年後、新羅が建国したと伝わってきたが、新羅から使者は来なかった。

百済の肖古王から、倭国に行きたい者がいると言って、弓月君《ゆっきのきみ》と縫衣工女《きぬぬいおみな》をホムダ王に献上した。紙の製法も知ることができた。

筑紫の香椎宮に帰って、高倉遅途と豊基多鹿博と今後の戦略を相談していると、百済から使者が、馬と馬師の阿直岐を連れてきた。

「馬は戦さにも農事にも役に立つ、良いものをいただいた」

豊基多鹿博が言うと、阿直岐《あじき》は、

「馬は農地にも使えば大変便利でござる」と推奨した。

「馬は良いものだ。馬を日本で増やせ」とホムダ大王は阿直岐に指示をした。

馬の献上を受けてから各地に馬の需要が増えて、越の三国で阪井氏や高向氏らの豪族は、百済から馬を仕入れ、上州の阿久氏や河内の荒籠氏に送るようになった。

上州の阿久氏は農業用に馬を飼育し、河内の荒籠氏の馬は、物部氏の軍事用に飼育を始める。

百済からの渡来人が増えてくると知識と技術が伝わる。

三韓の鉄素材は入ってくるようになったが、ホムダ大王は、奈良に戻るタイミングを失い、孤城落日の焦りで苛立っていた。体調がすぐれない日が多くなった。

数年後、百済から使者が香椎宮に和邇氏をつれてきた。

「和邇氏は論語に精通し、漢字も熟知しております」と論語十巻と漢字千文字木簡を差し出した。

「ほぉ……これは良い内容だ。我ら日本人の文化に役立ちそうだ。礼を言うぞ」

「これを持ってヤマトに帰ろう。いい土産ができた。和邇氏もヤマトに行こう」

ホムダ大王は奈良に帰ることを決意すると、使者は、

「新羅が加羅（弁韓）に攻め入っています。至急、兵の派遣をお願い申しあげます」

と助けを求め、延々と口上を述べた。

「よし！　分かった。兵士の派遣は、若狭からと筑紫の両面から出兵させよう。ヤマトで兵士がどれだけ準備ができるか相談だ。準備でき次第、出兵する」

と、伝え、高倉遅途と豊基多鹿博に、

「若狭から船を出し新羅を攻める。筑紫からは百済兵と一緒に加羅に攻め入る両面作戦でやろう。ヤマトの物部氏と相談して兵力を集める。北部九州の倭国でも兵力の準備をしろ」

と、指示をした。ホムダ大王はヤマトの王たちに命令できるか不安であった。

ホムダ大王は、造船した大きな船二艘に、和邇氏を従え論語と百済の肖古王からの献上品の七支刀や武具を積み、日本海側を若狭へ向かった。若狭から奈良に入った。

早速、物部伊速彦王、大伴雄日王、葛城泊野王らと豪族を集めて、献上品と和邇氏を紹介しながら、論語十巻と漢字千文字を見せた。

「この論語の教えこそ、我がヤマト政権を確固たるものにできる。大王から民まで心の寄りどころとして広めたい」と説得した。ホムダ大王はヤマト朝廷の中で初めて強気になった。

「これをたくさん書写して、奈良の王や豪族、さらには連盟を結んだ王や豪族にも渡し、各地の王たちに習得させる。この論語と漢字で日本の意思を一つにしよう。武力に頼るより論語と漢字が日本全体を連盟する気持ちを持たせる。日本統一はもっと容易になるだろう」

「葛城泊野王と平郡忍武王は沢山の紙を作れ。紙作りは手間がかかるぞ」と命じた。

「添豊駒王には木簡巻を四百束、用意せよ」

と、ホムダ大王は意気込んだ。全員が目を輝かしてうなずいた。

「和邇氏には木津川の南の土地を与える。後ほど春日王が案内する」

「橿原の大隅宮で、和邇氏から論語と漢字の教えを乞う。書写もそこでやる」

ヤマトの王や豪族、臣下に、論語と漢字の習得を義務付けた。

続けてホムダ大王は、新羅出兵の支援を願ったが、誰もうなずかなかった。

奈良の王や豪族は元来、穏やかで互いに支え合い、兵力は物部一族に委ねている。

物部伊速彦王が提案した。

「越の三国の阪井氏や高向《たかむく》氏が、三韓から鉄素材を運んでいると聞いている。越の国に相談されては如何でしょうか」

早速、阪井氏と高向氏に使者を出した。

「三韓に行く船は出せるが、兵士はいない。三国の港を使ってよい。兵量も用意しよう」

と返事が来た。

ホムダ大王は、筑紫の高倉産武との約束もあり物部伊速彦王と兵士八十人で、越の三国の港に向かう事にした。琵琶湖の今津から若狭の港に着くと、食が細くなり、体力も根気も落ちた。若狭に停泊させておいた船で三国港に入ると、阪井氏と高向氏の葉瀬利が迎えに来て、

「ここから対馬海流に乗り能登で流れが西になる、そのまま西に突っ切ると北から南に向かう流れに乗れる。それに乗れば朝鮮半島の東に難なくつける」と教えてくれた。

筑紫から乗ってきた二艘と三国で二艘の船を借りて出港した。

新羅の海岸が近づくと高句麗の大勢の兵士が海岸を埋め尽くし、ホムダ大王軍を上陸させないように構えている。脇からは小舟が五十艘位でホムダ大王たちの軍船を囲ってきた。進退窮まって、退却を命じた。

高句麗の兵士が新羅まで来ているとは想像していなかった。

ホムダ大王にとって衝撃は強く、疲れが残った。奈良に戻ったホムダ大王は体調が優れないまま寝込み、三日後に息を引き取った。「古事記」では百三十歳とある。

ホムダ大王（応神天皇）が崩御すると、隼人の兵士と家族らは全員が薩摩の始羅王の元へ帰ってしまった。薩摩との連盟は白紙に戻った。

ホムダ大王（応神天皇）の崩御と、オサザキ大王（仁徳天皇）即位の知らせは、筑紫の高倉一族にも届いた。

「頼りになる人が亡くなり、困ったなぁ。筑紫や奴国などのクニグニを一番に心に掛けてくれた大王だった。鉄素材の交易で三韓に掛け合えるにはホムダ大王の存在が必要なのに、困ったなぁ」

「奈良の王たちは北部九州の倭国の事なんか気にもかけていない」

「鉄を守るのは我らしかいない」

高倉産武、高倉遅途、豊基多鹿博らは伊都国の背弥王に相談した。

「鉄素材が送られてこなくなった」

「辰韓、加羅、百済に高句麗の兵士が入ってきて、船が出せないそうじゃ」

「ホムダ大王も高句麗の兵が出てきて新羅（辰韓）に近づけなかった」

「高句麗の広開土王と話すしかあるまいが話す相手ではなさそうじゃ」

と、背弥王が答えた。さらに、

「鉄素材の交易は楽浪郡に中国の郡司が来て統率しているが、その中国は、華北は北方民族が侵入し内乱状態で、東には晋国が勢力を伸ばしてきているらしい」

と、説明した。高倉産武、高倉遅途、豊喜多鹿博らは、

「ともかく高句麗に行こう。戦う準備と、話し合いの両方を準備して行こう」と、決意した。

翌年の初夏。

高倉産武と高倉遅途、豊基多鹿博らは八艘の船に二百人の兵士を乗せて伊都国の芥屋を出発した。

壱岐で兵量を積んで、長門国の油谷王の船と合流した。朝鮮半島へは、長門国の油谷王が水先案内をすることになっている。

ヘジュの港に着くと、狭い港湾に高句麗の船がぎっしり停まっていた。その数に圧倒され戦わずして退却した。

北部九州だけの戦力は小さい。高倉産武は無謀なことを避けて次の機会を待った。


【第四章に続く】

# 第二章　大国主命のＤＮＡ

## 突進するバイタリティ

ホムダ大王（応神天皇）が北部九州のクニグニを訪ねまわっている頃。

次のヤマト朝廷の大王候補のハックニシラス大王（大国主命）の子孫のオサザキ尊に会いに、

高齢の大伴雄日王と平群忍武王の一行は出雲へ出発した。

老体の大伴雄日王を心配して息子の大伴間基《まのき》と平郡馬鳥《まとり》が大和川の船乗り場までついてきた。

葛城泊野王らは若草山の佐保川まで見送りにきた。

出雲の意宇平野ではすでに稲が黄金に輝いていた。

大伴雄日と平郡忍武の一行は、出雲の能義の里に着いた。大伴雄日は暑さと疲れで倒れた。そのまま三日ほど寝込み、オサザキ尊や貴俣命一族の看病を受けて少し体力が戻った。

大伴雄日王は起き上がって、

「突然の訪問と体調不良で大きな迷惑をおかけした。お陰を持って、このように元気になりました。ありがたく感謝を申し上げる」と、礼を述べ、オサザキ尊に顔を向けて、

「オサザキ尊は初代ハツクニシラス大王（神武天皇・大国主命・崇神天皇）のご子孫でござる。是非ともヤマトの大王にお就きしていただきたく、お願いに参上した次第である」

大伴雄日王が述べた後に、平群忍武王が訊ねた。

「オサザキ尊は何歳になられたか？　ご家族と斗人は何人でござるか？」

オサザキ尊は体が大きくがっしりして、男の色気があふれる好青年の印象を持った。

「吾は十九になった。妻の深香美姫《みかみ》と息子の香仲彦《かのなかひこ》と娘の草香媛《くさか》と四人で暮らしています。斗人は通いで六人が働いている」と答えた。

「ヤマトでは土地と斗人が与えられ、さらに、大王になられたら、近習の者がつきます」

「オサザキ尊のご家族と奈良に来ていただきたい」

風詠社の本をお買い求めいただき誠にありがとうございます。
この愛読者カードは小社出版の企画等に役立たせていただきます。

本書についてのご意見、ご感想をお聞かせください。

①内容について

②カバー、タイトル、帯について

弊社、及び弊社刊行物に対するご意見、ご感想をお聞かせください。

最近読んでおもしろかった本やこれから読んでみたい本をお教えください。

| ご購読雑誌（複数可） | ご購読新聞 |
| --- | --- |
| | 新聞 |

ご協力ありがとうございました。

※お客様の個人情報は、小社からの連絡のみに使用します。社外に提供することは一切ありません。

郵便はがき

金受取人払郵便

大阪北局
承認

6123

差出有効期間
2023年5月
31日まで
（切手不要）

553-8790

018

大阪市福島区海老江5-2-2-710
㈱風詠社
愛読者カード係 行

| | | | |
|---|---|---|---|
| りがな<br>お名前 | | 大正 昭和<br>平成 令和 年生 歳 | |
| りがな<br>ご住所 | □□□-□□□□ | 性別<br>男・女 | |
| お電話<br>番号 | | ご職業 | |
| E-mail | | | |
| 書名 | | | |
| お買上<br>書店 | 都道府県 市区郡 | 書店名 | 書店 |
| | | ご購入日 | 年 月 日 |

本書をお買い求めになった動機は？
1. 書店店頭で見て　2. インターネット書店で見て
3. 知人にすすめられて　4. ホームページを見て
5. 広告、記事（新聞、雑誌、ポスター等）を見て（新聞、雑誌名　　）

と、大伴雄日王はオサザキ尊を説得した。

「暫し、考えさせてほしい。家族とも相談もしたい。その間に大伴殿も、もう少し元気になられてください」と、オサザキ尊は答えた。

妻の深香美姫は反対した。

「この土地を離れたくありません。ヤマトは人が多く、汚いと聞いております」

「大王になれば、そなたに苦労をかけなくて済む」

十五日後、大伴雄日と平群忍武は、不承不承の深香美姫の背中を押して、オサザキ尊と家族ら約三十人は安来の港から越の小浜を目指して出航した。

小浜の浜からは、熊川の山道を抜け琵琶湖の今津に出る。船で琵琶湖を渡り大淀川を下って難波に向かった。

オサザキ尊は大淀川の川幅の大きさに驚き、堤が低く湿地と川の境がはっきりしていない事に不安を感じていた。

「あそこの農地がオサザキ一族のものになる」と平群忍武王が指をさした。見ると少し台地のところに耕作地がある。交秦《かたのはた》一族から召し上げた農地だ。

「あの土地は、雨が降るとすぐに水に浸かる心配があります。稲作には無理です。治水しても、砂粘土のようで葉物か根菜類かな」と、オサザキ尊は感じたことを言った。

大淀川左岸の門真《かどま》丘陵地に四棟の新しい建屋が用意してあった。交秦の香里《こおり》館と名付けられた。

翌日、オサザキ尊は妻の深香美姫、息子の香仲彦、娘の草香媛を連れて、平群忍武王の案内で物部氏と大伴氏が守る古鍵村の館を訪ねた。そこには物部伊速彦王、葛城泊野王など奈良盆地の王や豪族たち約十数名が座している。大伴雄日王はヤマトに帰ってからも体調すぐれず息子の大伴間基が代行を務めていた。これからヤマトの大王たちによるオサザキ尊の人物定めが始まる。

物部伊速彦王が口を開いた。

「遠いところ、よく来ていただいた。心から歓迎する」

「ここヤマトは、オサザキ尊の始祖であられるハツクニシラス大王（大国主命）様が大変なご尽力をされたおかげで豊かになった。そのご子孫をお迎えすることができて、我らは心より神に感謝しておりまする」

「先祖の縁があるヤマトの地にお迎えいただき、ありがたく心より感謝申し上げます」

「ヤマトは豊かになったが、皆をまとめる大王が不在で困っておる。我らの中から大王を希望する者もなく憂慮しておったが、ハツクニシラス大王様の子孫が健在と知り是非とも大王に迎えたいと思っております」

物部伊速彦王が言い終えると、葛城泊野王が、

「しかし、すぐに大王とはいかぬ。大王には人心をまとめる力が必要である。人々の信頼を得て力を発揮させるように引率しなければならない。オサザキ尊には、ここで、しばらくヤマトの土地に慣れてもらい、人々の心を掴んでいただきたい」

平群忍武王が話を引き取って、

「ヤマトに来る途中、大淀川から見た農地がオサザキ一族の領地になる。斗人も与える。耕作すれば収穫が上がり食料には困らないと思う。収穫が上がるまで食料と必要な物も与える。あの農地の裏山が生駒山地で我が領地に近い。何かと支援できることがある」と安心感を与えた。

オサザキ尊は、

「心温まるお話、ありがたくお受けしたく思います。しかしながらヤマトの土地は全く知らない事が多く不安を持っております。ヤマトで皆様方のご期待に応えたく努めます。それには数々のご支援が必要になって参ります。何卒よろしくお願い申し上げます」

と応じた。居並ぶ王や豪族たちは満足そうにうなずいた。

「つきましては、まず、大淀川と大和川と農地を分ける堤が必要と考えております。そのために、人と道具の支援をお願い申し上げます」

「大和川が大淀川に流れ込むところは湿地帯になっており、川と湿地帯との境が見えませぬ。堅固な土塁か堤を造り、雨が降っても水が農地に流れ込まないようにしたいと考えます。雨季の氾濫を防ぐために大淀川に高い堤が必要です」

「工夫を二百人から三百人と道具の支援をお願いしたい」

と、オサザキ尊は訴えた。

王や豪族たちは、

「おぉ……さすがにハツクニシラス大王のご子孫でござるな」

と、賛同せざるを得なかった。

生駒山地の平群一族と高安山の高市一族、葛城山地の葛城一族が中心となってオサザキ尊の提案を進めることになった。

オサザキ尊一族のヤマト定住が決まった翌日、大伴雄日王が死去し、大伴間基が後を継いだ。

その年の晩秋、オサザキ尊と息子の香仲彦と斗人たちと、大和川と大淀川の測量を始めた。

大和川と大淀川が合流する門真辺りの流れは穏やかで水深は二メートル位、川幅は一五〇メートル以上と言われている。

資材と道具など、段取りを考えた。見込みで人夫の数と道具の算段をして、葛城泊野王に要望の内容を伝えた。さらに奈良の王や豪族を訪ね周り支援の量を固めた。

翌年の正月明けから工事が始まった。川の水流が少ない冬期は農閑期で工夫も多く集まり二百名を超えた。門真と守口の大淀川南岸から大和川西岸には、土塁を高く積み上げ土を固める工事が続いていた。

工事は進んだが順調ではなかった。固めた地盤も増水で軟弱になり何度も壊れ、けが人も死者も出してしまい、オサザキ尊はその慰霊に心を痛めていた。

難工事の末、数年後には、門真の茨田《まんだ》に高くて長い堤ができ、堤の西南側の湿地帯は次第に水が引き始めてきた。

次の冬から、大和川の東岸の工事を始めた。東岸は氾濫が少ないから川と沼地を分けるくらいの土塁の高さを考え、難しい工事がなく順調に堤が造られていった。

小春日和の夕方、今日の工事が終わり、皆が川で沐浴をしている時、若い女性の集団がやってきた。男どもは驚きと恥ずかしさと嬉しさが混じった声で、

「ワぉー」「ひゅー」と歓声をあげた。

引率者らしき女性が、

「毎日、ご苦労様でございます。今日は村の長の言いつけで、皆さまに汗拭きの布をお持ちしました。是非ともお使いください」

「この辺りは綿花の栽培をしておりまして、とても良い綿布がつくれております」

とニコリして片膝をついて、それぞれの女性が綿布を差し出した。

オサザキ尊の周りには不思議と老若の女性たちが寄って来る。

その翌日から、昼過ぎから少しの間、女性たちが工事を見物に来た。

男たちは俄然元気出て、仕事に力が入った。

「おーい、お前たち！　女に見とれて仕事に手を抜くな。丁寧に仕事をしろ！」

オサザキ尊は大声を出して現場を見回った。

夕方、仕事が終わり、いつもの通りの沐浴をすまし、帰り道についたオサザキ尊に、畔の下から声がかかった。

「あのぉ～……これ如何ですか？」

と、一人の女性が、コメとヒエが混じった色の小さな握り飯を差し出した。最初の日に引率してきた女性だった。

空腹のオサザキ尊は、

「オー、これはありがたい」

とその場に腰を下ろし。パクリと食べた。塩が効いて旨い！

「旨い！　でもなぜこれを私に？　あなたは？」

「私の両親は、高安山の麓の木佐市《きさいち》様にお仕えしております。生まれは青谷の安堂です。大和川と石川がぶつかり合う安堂という所です。最近、川の水が溢れて作物が取れなくて困っております。オサザキ尊の力で何とかしていただきたくお願いしたいと思っております」

頼まれたら嫌と言えない性格は始祖の大国主命と同じである。

「う〜ん。葛城泊野王と平郡忍武王に相談しなければならないが、夏になれば、手が空くだろうから、その時、見てみよう」

「ありがとうございます。その節はご案内させていただきます。是非に」

女は頭を下げた。その仕草にオサザキ尊は『ドキッ』と胸に来た。女の名は祝之媛《いわのひめ》といった。

初夏が来た。

大淀川と大和川の工夫たちは、農事の季節になりそれぞれの家に戻っていった。工夫が減って、治水工事が進まなくなった。

オサザキ尊は、祝之媛と父親の葛城卒彦《そつひこ》と共に青谷の安堂に向かった。谷あいを流れる大和川の向こう岸は生駒山地の信貴山絶壁が上に立ち上がっている。谷を抜けた大和川の流れは速いまま石川と合流する。その場所の土塁は低く、雨期になれば氾濫することが予想できる。

葛城卒彦の在家は葛城一族の末家で葛城山地の西側の麓にあるという。

「この場所の工事は大変に難しい。石川の上流を見てみよう」

石川の左岸には溜池が点在している。

「池と池をつなぐ溝と水路を作って、石川の水を分流すれば、石川の水量が少し減らせるだろう」

「もう一つは、青谷と亀ケ瀬の川幅を広げて、大和川の流れを緩やかにすることだな。川底も深くできるなら、やってみるか」

「石川の水量を減らし、大和川の水流の勢いを抑えれば、合流する安堂の氾濫も少しは治まると思う。すごく難しい工事になるな。少ししか良くならないかもしれないが、それでもいいか？」

と、オサザキ尊は葛城卒彦に説明した。

「ええ。少しでも良くなれば、その先の事を考えて前に進めます。失敗したら新しい考えが出てくるでしょうに」

葛城卒彦が前向きなことを言ってきた。

オサザキ尊はこのような言葉が好きだ【やってみなされ】背中を押す言葉で、無理をしてしまうのは大国主命の血統であろうか。

「では、考えをまとめて葛城泊野王に相談してみるかな。葛城卒彦殿も一緒に考えてくれますか」

「ありがとうございます。是非ともご一緒に考えさせてください。今日は、我が家にお泊りください。あばら家ですが、遠い香里館まで帰られるより、よろしいかと存じます」

安堂と難波のオサザキ尊の家の中間に、葛城卒彦の家があった。

夕餉は粗食だが量は沢山あった。酒を勧められ飲み過ぎて眠ってしまった。

夜中、漑《いばり》で目が覚めると隣に祝之媛の寝顔があった。

そうだ！【吾は祝之媛に抱きついてしまった】事を思い出したが、その後のことは覚えていない。【えっ？】思い出して、今また、色香漂う祝之媛の寝顔を見ると、気持ちと体が高ぶり隣に潜りこんだ。薄い戸板の向こうに葛城卒彦夫妻が寝ているが祝之媛は反応してきた。

翌朝、オサザキ尊は、

「昨夜は大変な失態をして申し訳ない」祝之媛は黙ってうつむいている。

「吾がヤマトの大王になった暁には、必ずや祝之媛を妃として迎える。約束を申し上げる。必ずや。昨夜のことはお許しを願い申す」

と平謝りをすると祝之媛はニコリとして、葛城卒彦が、

「我が娘の美しさにのぼせ上がったであろう。ワァハッハッ。ヤマト大王の妃を約束していただければ葛城一族もお許しになるだろう」と、了解とも脅しとも取れる返答をした。

数日後、葛城卒彦と一緒に葛城泊野王を訪ねた。

「御無沙汰しております。大淀川と大和川が合流する茨田の堰は、今年の冬には工事が終わる見込みです。大和川の東側の交秦の堤は当分大丈夫でしょう」と報告し、

「今日は葛城卒彦殿も申し出により、大和川と石川が合流する青谷の安堂と弓削の地域の浸水を抑える工事のご相談に参りました」

「うむ。どういう事か？」泊野が言うと、卒彦は、

「葛城山地の西は、元来、葛城一族の末家が住んでおりましたが、度重なる土砂崩れで川の流れが変わり、今では雨期のたびに水が溢れ、住むことができません。そこで、オサザキ尊殿にご相談したところ、やってみると仰っていただきました」

と訴え、オサザキ尊は、板の間に小枝を並べて川の状況を説明し始めた。

「石川から分流する溝を古市に作り、水路を東と西に分け、二つの徐川《よけ》を掘ります。大和川に流がれる石川の水量を減らせると考えます」

「もう一つは、大和川の青谷から高井田の間の川幅を広げ、渓谷の水の勢いを抑えます」

「これで、石川と大和川が合流する水量が減り水の勢いも弱くなると見込めます。安堂と弓削への氾濫は少なくなると考えます」

「更に、溜池を造り西の除川の水を引き、農地を増やします。また、茨田の工事で亡くなった人々の慰霊墓も一緒に造りたいと考えております」

「う〜ん。分かった。いつから工事を始めて、吾はどれくらい支援すればよいか？」

「工事は来年の秋から始め五年くらいを目途とします。茨田の工事以上に難しい工事になります。工夫は三百人ほど、その食料と道具をお願いしたく思います」

葛城泊野は了解した。

オサザキ尊は弓削と安堂の視察と称して、葛城卒彦の家を度々訪ねては、祝之媛との逢瀬を楽しんだ。バイタリティ溢れるオサザキ尊は、妻の深香美姫と二人の子の香仲彦と草香媛も大事にした。

石川の左岸の池を拡張する工事で、オサザキ尊は思いついた。

『そうだ！　殉死者を慰霊する墳墓を大きくして、周濠に水を溜めよう』

『思いっきり大きい墳墓だ。殉死して残された家族も納得してくれるような大きい墳墓だ。我も死んだらそこに埋葬を頼もう。妻の深香美姫も一緒だ。祝之媛も一緒が良いが……怒るかな?……ウフ……』ニヤリと納得した。

工事の見直し方針が決まれば着手は早かった。大仙に工夫が宿泊する建屋と倉庫を建てた。小市に溝を造り、小さな水路を何本も掘り、石川の流れを分けた。石川の西の大仙に大きな溜め池の周濠と慰霊墓の造営工事が始まった。

その頃、葛城泊野王、大伴間基王ら奈良の王や豪族たちは、ホムダ大王（応神天皇）の埋葬と、次の大王のオサザキ尊の即位の時期を相談していた。

三年後。葛城泊野王の館でオサザキ大王（十六代仁徳天皇）が即位した。

この頃から、葛城一族は権勢をふるい、山辺道の豪族や物部伊速彦王を蔑ろにするようになる。

即位の儀式に、糟糠の妻・深香美姫と息子の香仲彦《かのなかひこ》（大草香皇子）と娘の草香《くさか》媛は、大王の后と皇子皇女として凛として参列した。出雲の能義からヤマトに来て、最後の晴れ舞台となる。

香仲彦は大草香皇子となった。

葛城卒彦と祝之媛は末席に控えている。

交秦の香里館に戻ったオサザキ大王は、愛する深香美姫とともに喜びあった。

オサザキ大王は、難波に茅葺屋根の質素な高津宮を難波に造り始めた。完成すると妻の深香美姫と大草香皇子（香仲彦）と草香媛を真っ先に住まわせた。

早速、葛城卒彦がやってきて、

「わが娘の祝之媛をどうなさるおつもりか？」

オサザキ大王にとって二人の女性に甲乙つけがたく、心休まる相手であった。

「今しばらくお待ちください。深香美姫も祝之媛も大事にしたいと思っております」

「難波の高津宮を大きくして祝之媛をお迎えします」

翌年、オサザキ大王は、高津宮で祝之媛と祝言を上げさせられた。深香美姫と息子・大草香皇子（香仲彦）と娘の草香媛《くさか》は、交秦の香里館で、ひっそりとその時を過ごした。

オサザキ大王は、高津宮に茅葺の質素な建屋を一棟増築し祝之姫を住まわせた。深香美姫親子の建屋とは母屋は挟んで反対側にある。

祝之姫に長男の仲皇子が生まれると、深香美姫と大草香皇子（香仲彦）と草香媛は交野の香里館に遷ることを申し出て、高津宮を出た。

祝之姫の息子・仲皇子は、向こう見ずの荒くれで我儘に育ち、家臣たちからヒンシュクを買っている。

その後、オサザキ大王（仁徳天皇）は、葛城祝之姫を正后にして、五人の子をもうけた。

石川の左岸工事、環濠の工事、大和川の拡幅工事に、農家の男手が取られ、農耕作業が出来ない状況が続いた。土地は荒れ始め、農産物の収穫が落ちてきて民の生活に陰りが出てきた。

オサザキ大王は葛城泊野王に、

「しばらく租賦の徴収を止めたい。作物の収穫が少なく、民に元気がない。男手が工事に取られ田畑仕事ができていない。山も荒れて獲物が取れなくなった。朝廷の蓄えは如何ほどか？」

「五年分ほどございます」

と、葛城泊野王は答えた。

「古市の大溝が出来て、高井田から亀ケ瀬の川幅が広くなり、治水工事は完成に近い。当面、工事は少ない工夫で行っていく」

オサザキ大王は、男手を家に帰し、租賦の徴収を三年間止める詔を出した。

家に戻らない男たちで工事を続け、大和川の川幅が広がった。

各地から船で、大淀川を通り大和川を上って奈良盆地に入り、ヤマト朝廷と交流が盛んになった。後年、難波津からに仏教公伝の船が磐余（桜井市）までくる。

税の徴収を止めて四年目の夏。田畑が青々と繁って、今年の秋の収穫を期待させた。

河内、奈良を視察したオサザキ大王は、来年の租賦（税制）を決めて、家臣に伝えた。

秋の収穫祭の日。

それぞれの村の広場に、この一年間の収穫物や道具など交換する物を並べ始めた。

オサザキ大王（仁徳天皇）と大伴間基王や家臣たちは分担して村に派遣された。

あちらこちらの村では、ドラが大きく鳴った。

派遣された家臣は、皆に感謝の言葉を語り終えると、巫女が現れ太陽に向かい祝詞と祈りを捧げはじめた。全員が祈った。

再びドラがなり、次に家臣が、来年からの租賦（税制）とコメの換算を民に告げた。

税制の改革は、ハツクニシラス大王（崇神天皇）以来である。

人頭税を三十日間の使役とし、十日間を村の王や豪族に仕え、残りの二十日を大王に仕える。

その時期はそれぞれ決める。労役できなき時は現物納とする。

租税は穀物、農産物とする。農地の広さで量を決める。

徴税は絹、綿布、道具など工作物を交換した量の三十分の一を納める。

労役は十日に一日の休みを含め一年間とする。

戸税は広さで決めて穀物を納める。

船税は保有数で決め、穀物か荷物で納めるか、荷物の輸送を負わせる。

税収はかなり大雑把であるが、大王の勢力範囲が決められて守る領土が見えてきた。税制でヤマト政権の地盤が固まりつつある。

税収を確かにするために、氏と姓、尊卑の別も定めた。

「氏」は血縁一族の集団の名とし、「氏上」は家長、「氏人」は家長の家族とした。

社会的地位で「姓」定め、「大臣《おおおみ》」と「臣《おみ》」は大王の近従、「大連《おおむらじ》」と「連《むらじ》」は大王に仕える執務官とした。

各地の首長や土地の豪族が「国造《くにのみやつこ》」になり税の徴収を行う。従属しない村落にはヤマトから任官を送るとした。

「俺らからそんな沢山持っていくな！」「なぜに税がいるのか！」

民は拳を振り上げ、反発の声が渦巻いた。

家臣は、

「皆の税で田畑を広げ、道も良くする。道具も薪も手に入れやすくする。皆の生活が豊かになるための租賦である。以前のように皆の生活が苦しくなれば止める。ケガや病気で収穫ができない時には助けることができる」と、皆に訴えたが、不満気に村人たちはざわついている。

ドラが鳴って、村の長は大きな声を発した。

「さぁ！　今日はお祭りだ。歌垣を始めぇ。踊りだ。歌だ。酒もたくさん用意した。快く楽しんでくれ！」

ドラが大きくまた一つ鳴って、秋の祭りが始まった。

オサザキ大王の改革でヤマトに政権の形つくりと、権力の集中が始まった。

三年間、夏の終わりから秋にかけて毎年、物部の兵士十五人と臣、大連らが、オサザキ大王の改革の布告書をもって各地に赴き威圧した。物部伊速彦王は亡くなり、馬術が得意な末子の物部鹿開が後を継いでいた。

オサザキ大王の租賦に反発する豪族や集落の民が多く、面従だけしている豪族もいた。

「ヤマトに収穫を取られて、大王は、われ等に何をしてくれるんだ？」

民衆の不満が渦巻き、世情が荒れてきた。

三年目の梅雨時。

北部九州に豪雨が続き、川が氾濫して大量の農作物や、多くの住居が流されてしまった。

オサザキ大王はすぐに食料を送るように大伴間基大臣に命じた。

「穀物の備蓄はいかほどあるか？」

「大王家は四年分以上の備蓄はあります」

「民の家が建ち、田畑で耕作が始まるまで、食料を与えよ」

北部九州の民たちは、ヤマトの大王の手早い助けに驚き、感謝を持って受け入れた。

美濃、尾張、三河の平野は実りの秋を迎えていた。

昨夜からの風が強くなり大雨になった。台風が来て一晩で稲は倒れて水に浸かり家は吹き飛ばされてしまった。死んだもの行方知らずの者が多く出た。

オサザキ大王は、またも食料をすぐに送った。荷送の者たちの隊列は、荒れた狭い道を難儀して歩いた。奈良から四度に分けて食料などが運ばれた。

オサザキ大王は街道の王や豪族に、道を広くし、木くずや石で平らにするように整備を命じ、臣下と租賦の使役する者たちと斗人を派遣した。

山の中の獣道が広がり、坂には石と丸太で土砂崩れを防ぐようにした。小枝を切り落とし樹木を伐採して道を広げ、歩きやすくなった。

土地の豪族に、街道には寄宿所や馬寄を置かせた。

ヤマト朝廷の支援を受けた民たちには、租賦に納得する気持ちが生まれてきた。

大和川の拡張工事と、河内南部の石川の堆積地に溜池や水路の切堀の工事が終わり、耕作地が拡大した。新しくできた耕作地は大王直轄の屯田とし、朝鮮半島からきた百済人や渡来人を開拓民として住まわせた。

茨田や大仙の工事で殉死した者たちを慰霊する大きな墳墓が完成して、埋葬の儀が盛大に執り行われた。

その冬、オサザキ大王（仁徳天皇）は、難波の高津宮で崩御した。最後に一言ささやいた。

「厚い葬儀はするな。民の租賦で生きてきた。陵墓はいらぬ。殉死した者たちの墳墓で一緒に眠りたい」

「古事記」で八十三歳とある。

崇神天皇（大国主命）の優しさとバイタリティのＤＮＡを引き継いだ仁徳天皇の生涯は終わった。

三国の丘に殯の宮に安置し、巫女が三日三晩、額汁だけを食しながら祈った。石棺に納め、大仙の殉死者慰霊墓の石室の隣に埋葬された。

その夜、平郡忍武王も眠るように亡くなった。家督は息子の平郡馬鳥が継いだ。

# 第三章　履中天皇兄弟と甥っ子

## 荒れるヤマト朝廷

税収が増えてヤマト朝廷の財政基盤ができた。しかし、大王（天皇）に民を治世する政権の力はまだ無かった。従来通り、ヤマトの王（大臣）や豪族（臣）が治世を運営している。大王（天皇）の台所事情に余裕が出てくると、祝之媛の息子たちはわがままが強くなり、遊興にふけり、陰謀に走り、傍若無人の振る舞いをするようになった。

ヤマト朝廷の群卿たちは、オサザキ大王の第二皇子のイサホ皇子（後の履中天皇）を次の大王に決めた。イサホ皇子は、正義感が強く落ち着いた穏やかな性格で、長男のわがままな仲皇子より優れているとして推挙された。

イサホ皇子の后に葛城一族の羽田黒媛が決まった。

婚儀の日取りを伝えに第一皇子の仲皇子が行くことになった。葛城の羽田家を訪ねると黒媛は眠りに入っていた。その寝顔を見た仲皇子は、

『おぉ。なんて綺麗な娘だ』と、引き込まれるように褥にもぐり込み、黒媛を犯してしまう。

『あぁ……俺はなんてことをしてしまったか！　イサホ皇子（履中）に殺される。ならば、こちらから殺しに行こう』仲皇子は処罰を恐れ、深夜、難波の高津宮に火を放った。

飛び起きたイサホ皇子は、名代の物部大前と平郡津久野の助けで埴生坂まで逃げる。名代は王や豪族に仕える私兵。振り返れば、高津宮を焼き尽くしている炎が、闇夜を赤くしていた。

「あぁ～難波が消える」イサホ皇子は落胆して、磐余の稚桜宮に入った。

翌日、

「誰の仕業だ？」イサホ皇子は、弟のミズハ皇子（のちの反正天皇）に調べさせた。

「兄の仲皇子が火を付けたそうです」ミズハ皇子はすぐに報告した。

【何？　兄者か……ムぅ～処罰すべきか？　しかし調べが早い。弟のミズハも怪しいな】

イサホ皇子は悩んだ。仲皇子とミズハ皇子とも仲がいい関係だ。

【そうだ！　ミズハに仲皇子を討たせれば疑いが晴れるな】

イサホ皇子は弟のミズハ皇子に仲皇子の暗殺を命じた。

ミズハ皇子は名代に仲皇子の暗殺をさせた。その後、名代を殺害した。

二ケ月後、何事もなかったように、イサホ皇子は、磐余の稚桜宮で黒媛を后に迎えた。

翌年二月、イサホ皇子は、磐余の稚桜宮でイサホ大王（履中天皇）に即位した。

大王の宮居《みやい》は長い間、奈良を留守にした。ワカタ大王（成務天皇）が近江に遷ってから筑紫の香椎宮、難波高津宮と続き、そして少しの間、ホムダ大王（応神）が橿原明宮に住んだ。

大王の宮が磐余の地に戻り、奈良盆地の大臣（王）や臣下（豪族）たちは安堵した。

イサホ大王（履中天皇）は在位六年で崩御し、弟のミズハ皇子が難波の柴籬宮で大王（反正天皇）に即位したが、在位五年で崩御した。

ミズハ大王（反正）の弟・オアサ大王（第十九代・允恭天皇）が即位した。オアサ大王（允恭）は、オサザキ大王（仁徳天皇）と葛城祝之姫の間に生まれた四男である。

オアサ大王は、反発する者を容赦なく迫害し、家臣を熱湯の中に手を入れさせ火傷の具合で尊卑を判断するなど圧政を行って、郡卿たちを黙らせた。

反面、農業生産に積極的で鉄製農具や馬をそろえ、農業が発展し収穫も増えた。馬と鉄素材を越の豪族・阪井氏から手に入れ、近江に鋳造の工房集落も作った。

オアサ大王の息子たちの策謀、殺人など横暴な振る舞いに、宗家の葛城卒彦と葛城一族は見て見ぬ振りで、諫める事は少なかった。ヤマトは暗黒の時代になっていく。

アナホ皇子（のちの安閑天皇）が、叔父の大草香皇子（深香美姫の子）を殺しても、葛城泊野王は見て見ぬ振りをして諫めなかった。

心労で大伴間基王が亡くなり、大伴金村が後を継いだ。

物部氏、大伴氏、平郡氏、春日氏、添氏らの大臣は、葛城氏に大王家の横暴を止めるように強く迫ったが、葛城卒彦は取り合わなかった。

葛城一族は、ヤマト朝廷と大王家を思うままに取り仕切るようになった。葛城卒彦はオアサ大王（允恭）を利用し、河内の屯田をわが物とし渡来人を自由に使い、明日香村の方にも勢力を広げようと画策を始めた。

葛城一族に隣接する生駒山麓の平郡一族は、最近、ヤマト朝廷の中で権勢が落ち、危機感を募らせていた。平郡馬鳥王（大臣）は、家臣を集め相談を始めた。

「このままでは、ヤマトは葛城一族に牛耳られてしまうぞ。なんとか食い止めねば」

オアサ大王（允恭）が原因不明の腰痛で歩けない、良い医者を探していると、ヤマト朝廷から、連絡が来た。

早速、平郡馬鳥王は河内に住む渡来人の医者を連れて穴穂宮のオアサ大王を訪ねた。

「新羅から来たという金仁波《きむには》という医師で、薬草、医術に優れた男です」

「御身を治してくれましょう」

オアサ大王は「ウン、ウン」とうなずき「頼む」と一言。

金仁波は、そっと体に触れ、

「うむ。腰の痛みは腹からきている。腰から足への流れに毒がたまっている。これを煎じて飲み、うつ伏せで寝れば五日で治る」と、薬草を処方した。

金仁波の言う通り、五日目からオアサ大王（允恭）は立ち上がれるようになった。

「平郡馬鳥よ。良くやった。礼を言うぞ。良き医者だ。名をなんという？」

「ありがとうございます。医者は金仁波と申すもので、弁韓から来たと申しております。これから時折、お体の様子を診に伺います」

これでオアサ大王一家に近づく機会が増える、と平郡馬鳥は胸を張った。

『さぁ、次は、葛城一族を遠ざけることだ』

奈良盆地の北部には、論語と漢字の師として大王に重宝されている和邇一族が領地を広げてきている。西は葛城氏が大王の重臣として勢力を張っている。

オアサ大王（允恭天皇）が崩御した。「日本書紀」で七十八歳とある。

次に続くアナホ大王（安康）とオハツタケ大王（雄略）は、オアサ大王の子で、激情する悪行の大王といわれる。更に、オアサ大王の孫のオハツザキ大王（武烈）は残虐である。

アナホ大王（安康天皇）は、継承一位の兄を追放し、実姉の夫を殺し実姉を后にし、従兄でイサホ大王（履中）の孫の眉輪王を暗殺する計画が漏れて、逆に寝込みを襲われ殺された。

次に即位したオハツタケ大王（雄略天皇）は、王の継承争いをする従兄の市辺皇子を策略して殺し、兄・アナホ大王を殺害した眉輪王に復讐し殺した。

眉輪王をかくまった葛城円夫も殺害し、葛城一族を滅ぼしてしまう。葛城一族は各地に霧散した。

葛城家は、オハツタケ大王（雄略）の后・葛城韓姫と、祖母・祝之姫の出自である。

身の危険を感じた履中天皇の孫の幼いオケ兄弟は叔母たちと播磨に逃げ、十四歳の葛城伊佐野皇子は名代と共に筑紫の高倉家に逃げた。

平郡馬鳥は、葛城家滅亡で我が家の天下がきたと、内心ほくそ笑んだが、事件は続いた。

ヤマトネ尊（のちの清寧天皇）は、『父のオハツタケ大王（雄略）や叔父たちが揃いもそろって、わが身を忘れて、すぐに激情して人を殺すのは変だ』と疑問を持ち、大伴室屋に調査を命じた。

大伴室屋が朝廷内を調べると、頻繁に医者の金仁波が出入りしていることを突き止めた。

金仁波を大伴室屋が尋問すると、

「平郡馬鳥王から、ヤマト朝廷を楽しくするために、興奮草や淫乱香草の調合を命じられ、毒見役の侍女・飯野女にわたしました。飯野女は平郡様の命令を分かっていたようです。五年ほど続きました」金仁波はスラスラと答えた。

「飯野女は、イサホ大王（履中天皇）の時から仕えており五十歳を超えておると思います。オアサ大王（允恭）の横暴を見て、ヤマト朝廷は終わりだ、と言っていました。朝廷内では、飯野女はイサホ大王（履中天皇）の子と噂されています。眉輪王が殺害されると姿が見えなくなり、オケ兄弟と逃げたと思います。オケ兄弟はイサホ大王の孫ですから飯野女は可愛がっていました」と付け加えた。

ヤマトネ尊は、金仁波を東国武蔵に追放し、平郡馬鳥を討ち殺し一族郎党を滅亡させよと、大伴室屋と物部小盾に命じた。

ヤマト朝廷の中は荒んだ空気になった。

葛城氏を滅亡させたオハツタケ大王（雄略）は、鉄製武器の増産を目指し、鉄素材の調達に乗り出した。越の阪井氏に増量を要求したが、阪井氏は朝鮮半島の混乱を理由に断ってきた。

『北部九州の奴国が鋳造をしている。奴国から鉄を取ろう』

と、オハツタケ大王（雄略）は筑紫の高倉氏に使者を出した。

# 第四章　焦る倭の五王　讃・珍・斉・興・武

## 鉄を求めて

北部九州のクニグニでは、今も鉄素材の調達が厳しい状況で続いている。朝鮮半島の三韓で権力闘争が始まり、その内乱に乗じて高句麗が攻め入り、船の往来が止まっている。

中国は朝鮮半島に帯方郡を置き覇権を持っているが、魏・呉・蜀の三国の勢力拮抗が崩れ始め、魏の司馬炎が統一を図り、晋を建国して武帝となるも、北方民族の侵入で小競り合いが続いている。

末盧国の松浦福元王から筑紫・遠賀の三里宮の高倉産武に情報がもたらされた。

『華北は小国に分かれ、晋は分裂し東晋になり魏の国の領地を抑え、今一番の勢力を持っている』

早速、筑紫の遠賀の高倉産武と高倉遅途は、訳師の司馬曹を連れて、東晋の都の建康（南京）に向かった。大陸に向かうときは、末盧国の松浦党が水先案内をすることになっている。

東晋を建国した元帝（司馬睿《しばえい》）は没しており、幼い孫に目通りした。

高倉産武と高倉遅途は朝貢の品を差し出し、鉄を継続して交易できるように口上すると、控えていた臣下の劉裕はあっさりと、

「あい、分かった。楽浪郡の郡司に伝えておく」

「献上品をありがたく受け取る。遠いところ、ご苦労であった」

拍子抜けして、不安になった高倉兄弟が、念を押すと、

「大丈夫だ。気を付けて戻りなさい」とあっけなかった。

東晋の宮中では陰謀や抗争が錯綜しており、落ち着きがなかっただろう。

また、倭国は、魏から晋の時代に鉄で利益をもたらしたクニとの理解しかなく、これからも交易で利益がでるだろうと、考えたのかもしれない。

高倉兄弟が帰国して三ケ月後に、帯方郡から使節が来て三韓と交易が再開した。鉄の交易が増え始め、二年後には入荷量が元に戻り、無謀な代償はなくなった。

約五年後。

末盧国から『東晋の武将・劉裕が幼い帝王を討ち、宋の国を建国した』と連絡がきた。

高倉産武と豊喜多鹿博は献上品を持って宋に向かった。宮都は東晋と同じ建康（南京）である。

劉裕とは東晋の時に面会している。今は宋の武帝である。高倉産武を懐かしんで歓待してくれた。

「名は産武《さんぶ》といったな。倭国王と認め、中国名を贈るとする」

「これから【讃】と名乗れ。下の名【武】はわしと同じだ。アハハハッ」

「帯方郡の鉄は安心しろ。讃に称号を与えよう。沃祖や高句麗を『国東地方』と言い、その民

族は古くから中国に反抗を続けている。国東地方の民族の反攻を抑え安寧をもたらす名の【安東】と将軍の権限を付けて【安東将軍倭国王】の称号を讃に与える。さらに証として刻銘した『印と方鼎《ほうてい》』を下賜する。『鼎は帝なり』であるぞ」と、武帝の劉裕は高倉産武に帛布の詔書を渡した。

高倉産武は何となく喜んだ。

帯方郡の郡司以上の称号と権限で、鉄素材の交易が自由にできて喜ばしいが、将軍という名称で武力行使はしたくないと悩みながら筑紫に戻った。

高倉産武は書面に『倭国の船に鉄素材を優先して積む事。と書き、宋の武帝委倭王の印と安東将軍倭国王の印』を押し、伊都国から出帆する船に渡した。

帯方郡から鉄素材を満杯にして船が戻ってきた。高倉兄弟と豊喜多鹿博は胸を撫でおろした。

宋の帝が武帝から文帝に代わると、高倉産武は家臣の司馬曹を祝辞の使者にした。文帝は中国人には珍しい目が下がった笑い顔で、司馬曹はゆったりと挨拶ができた。

約十年後、高倉産武が亡くなり、弟の高倉遅途と奴国の豊喜多鹿博将軍は報告に宋へ向かった。

文帝は健在で、宋の都・建康（南京）は活気にあふれていた。高倉遅途が献上品の上奏し、挨拶に兄の薨去を報告した。文帝は悲しまれ、弟の高倉遅途に、

「遅途とは珍しい名前であるな。中国名【珍】を授ける。讃の後を継いで安東の地を抑えるように【安東将軍倭国王】の称号を与える」と述べ、【印と鼎】を下賜した。

高倉遅途が帰国すると、葛城伊佐野が来ていた。

「奈良のヤマト朝廷では、オハツタケ大王（雄略）が無謀に人を殺し、葛城家を焼き討ちにした。恐ろしくなって逃げてきた」という。

葛城伊佐野皇子は年齢十四歳、筑紫生まれのホムダ大王（応神）の曾孫で、父の市辺皇子はオハツタケ大王に殺害された。

高倉遅途は、

「心強い方が来られた、遠賀の王を継いでもらいたい」

と歓迎し、早速、葛城伊佐野皇子を遠賀の王と認めるように九州北部のクニグニに使者を送った。

翌年、高齢になった豊喜多鹿博将軍に口上書を持たせ、葛城伊佐野と宋に行かせた。高倉遅途は高齢になり、続けて中国への渡航は出来なかった。

文帝は、高倉遅途の口上書と、豊喜多鹿博将軍と葛城伊佐野の挨拶を受け、

「良く来られた。豊喜多鹿博将軍の働きは立派なものである」

と、褒めて恒例通り、中国名【済】を与え【安東将軍倭国王】の称号と【印と鼎】を下賜した。葛城伊佐野には、「豊喜多鹿博将軍を支え、平和な倭国を作ることを望む」と述べた。

豊喜多鹿博将軍と葛城伊佐野が帰国すると高倉遅途が薨去して、葛城伊佐野が遠賀の王となった。

暴走する権力で荒んだ奈良から北部九州に逃げてくる人が多くなってきた。

オハツタケ大王（雄略）の使者と名乗って三十人ほどの武人が遠賀に来て、「北部九州のクニグニの鉄素材を税として奈良に送るべし」と要求してきた。

「我らは相応な租賦をヤマト朝廷に収めている。これ以上の税は断る。鉄はわれらの生きる糧であるぞ。ヤマトに回せるほどに鉄の余裕がない」

葛城伊佐野王は、オハツタケ大王の遺使の威圧に、遺恨を堪えて要求をはねのけた。

「うむ。何とかならぬか？　われら遺使の立場もある。ならば我らヤマト朝廷と取引はどうか」

「奈良には我々が欲しいものはない。我々は漢人と取引をして鉄を入手している。ヤマト朝廷も漢人と取引されるが良い。宋の帝を紹介しても良い」

遺使は渋々と三十人武士とともに奈良に戻った。

早速、葛城伊佐野王は宋の文帝に相談に行った。

「うむ。分かった。案ずることはない。倭国のクニグニの事はお主たちで決めればよい」と話を遮り、臣下に帛布の詔書と印を持ってこさせた。

「葛城伊佐野王は、遠賀の王になって初めての朝貢だな。よし、中国名を与える。これからは【興】と名乗れ。また東の高句麗を抑える【安東将軍倭国王】の称号と【印】を下賜する」と、玉卓の上に並べた。

ヤマト朝廷では、筑紫から戻った遺使の報告を受けたオハツタケ大王は、物部鹿開と大伴金村に、宋への渡航の準備を命じた。

「宋に行き、帝王に吾が日本国の大王であると伝える。北部九州の奴らが勝手に宋に行き、倭国の王と名乗っている。許せん」

大伴間基は亡くなり息子の大伴金村が家督を継いでいた。

二年後、オハツタケ大王は、大きな船二艘に武士五十人と献上品を積んで筑紫にきた。

葛城伊佐野王は、オハツタケ大王に口上書を渡し、松浦党に水先案内をさせて見送った。

宋の都・建康では、文帝が没し順帝になっていた。

「我は、ヤマトのオハツタケ大王であります」と膝をついて口上し、献上品を差し出しながら品の説明を始めた。順帝は「うん、うん」と満足そうに聞いた。

説明を終えると、オハツタケ大王は上表書を差し出し奉じた。

上表書には『父祖のオサザキ大王（仁徳）が国土を統一し、数々の功績を挙げた』と書かれている。順帝は漢文でしっかりと書かれている上表書を読み感動した。

帯方郡の鉄素材の交易に話が及ぶと、「心しておく」と、答えた。宋の順帝は気がそぞろだった。朝廷の中では外戚と臣官の間で内紛が始まり、陰謀が渦巻いているときだった。

宋の順帝は、オハツタケ大王に中国名【武】を与え、【安東大将軍倭国王】の称号と【印】を下賜した。称号には【大】がつき、詔書は絹布である。

翌年、宋が滅亡し、斉の国になって高帝が御座についた。都は変わらず建康（南京）である。

早速、オハツタケ大王（雄略）は、斉の高帝のところへ挨拶に向かった。

【鎮東大将軍】の称号を下賜して、帰国した。

三年後、斉の国が滅び梁の国が武帝によって建国された。

オハツタケ大王はまたも梁の国の武帝に挨拶に行った。都は同じ建康であった。

与えられた称号は【征東将軍】で「大」がなくなり、竹簡に書かれた詔書だった。

度重なる渡航で疲れが溜まったオハツタケ大王（雄略天皇）は、長谷の朝倉宮で床に伏し、真夏に崩御した。「日本書紀」で百二十四歳とある。

# 第五章　継体天皇の出現

## ヤマト王権への道

越の三国の港は、中国大陸や朝鮮半島からの船が着き、荷下ろしで活気づいていた。

高向氏のオドド王（のちの継体天皇）は、夜明けに着いた船から荷物を揚げ、国内各地に送る仕訳の指示している。荷物がほぼ捌き終わり、港の小屋で昼飯を食べると五十二歳の体には疲れが出て、瞼が重くなり、うたた寝が始まった。

そこに正装の男たち十人ほどが近づいて「オドド王でござるか？」尋ねてきた。

眠む気の覚醒状態で怪訝に顔をあげると懐かしさを感じる顔があった。

『そう……あれは親父と船で琵琶湖から大淀川を下った楽しい旅だった時だ……』

と、また、深い眠りに入っていった。

幼少のオドド王は近江の高島で過ごした。父は高島の豪族・彦押王で琵琶湖の水運と若狭の港を拠点に中国大陸や朝鮮半島とも交易をしていた。母の振姫は故郷の越をいつも懐かしがっていた。

十五歳になった夏、父・彦押王から「茨田の堤と石川の堰を見に行こう」と言われて旅をした。高島から船で琵琶湖を南下して瀬田川に入り、宇治川を下り大淀川にでた。摂津で上陸し難波の平野を見ながら休息し、再び船で大和川の茨田の堰を見て、川をさかのぼり石川の弓削津に上陸した。ここでは馬にも乗った。亀が瀬の峡谷を抜けて奈良盆地に入り斑鳩に船を停めた。橿原宮を見たりした楽しい旅だった。

その後、まもなく父の彦押王が亡くなり、母の故郷の越に移り住むことになった。母の実家は高向の豪族で、後を継ぐことになり「オドド」と名乗った。

「オドド王！」強く肩を揺さぶられた。

第一皇子の勾太彦《こうたひこ》（のちの安閑天皇）と近従の葉瀬利が声をかけた。

「何事か！」オドド王は大きな声を発しながら、目は半分寝ている。

「お目覚めでござるか？　我らはヤマト朝廷の大臣、物部鹿開《かかい》と大伴金村でございます。こちらに控えていますのは馬飼荒籠《うまかいあらこ》です。この度、オドド王をヤマト朝廷の大王としてお迎えに参りました」

と、大伴金村が口上した。

「何を寝ぼけたことを言うのだ」とオドド王が答えた。寝ぼけているのは自分だ。

「先代のオハツザキ大王（武烈）が崩御しましたが、直系の子孫がなく、後継の大王には縁者としまして、ホムダ大王（応神）の血統を持つオドド王が最も相応しく、ご挨拶に参った次第でございます」

「ふ〜ん。わしに奈良に来いというのか？　わしは越の三国の港が好きだ。奈良の山の中に行かぬ」

「母・振姫の実家の高向でわしは育てられた。恩を返さねばならない」

言いながら、三人を改めて見ると懐かしい顔があった。

「おっ！　お主は荒籠殿か？もしや……」オドド王が馬飼荒籠に尋ねた。

「はい。お懐かしゅうございます」

「おぉ……あの時は楽しかったな」

オドド王は、父の彦押王との旅の折、石川の弓削に上陸して馬飼いの馬に乗せてもらって遊んだことを思い出した。あの時、馬の手習いを教えてくれた馬飼荒籠が寝ぼけ眼の前にいる。

「おぉ、懐かしい！　懐かしいなぁ。面白かったな。馬は慣れてくると走ってくれた。楽しかった」

オドド王は馬飼荒籠の前に進み手を取った。

「えぇ。楽しゅうございました。馬を初めて見たと言われて、馬乗りをされました。とてもお上手で驚きました」と、馬飼荒籠は楽しく語り、

「ぜひとも、奈良でヤマト朝廷の大王になってくださいと手を握り返して、願いでた。

「う～ん。考えておく」オドド王は断る機会を失った。

一年後。

三国のオドド王の館に、物部鹿開と大伴金村が訪ねてきた。

「お達者で嬉しく存じ上げます。ヤマト朝廷の大王のお話は受けていただきたく、再度、お訪ねした次第です」

丁寧に大伴金村が挨拶した。

「う～ん、分かっておる。難しいのう。高向の家に恩があるし、妻・目野姫の尾張の実家にも世話になっておるし、難しいわい」

「ヤマト朝廷の大王になることが恩返しでござる」

「しかしのぉ、わしは奈良の都には行きたくない」

「ほぅ、それは何故に？」

「昔、奈良に行ったとき、道が汚い、不潔であった。道端の所々に糞尿があり、民の遺骸も荒れ地で見た。越の海は綺麗じゃ」

「海と陸を比べられても……。奈良の近くの難波津とか交奏に宮を造られて朝廷にされるのもよろしいと存じます。大王になられて奈良を綺麗にしてください。是非ともヤマト朝廷の大王にお就きください」

「う～ん。考えてみる」

「えっ？　既に一年間考えられたのではありませんか。今更、何を考えるのですか？」

「う～ん。考えてみる、考える。一年後だ。一年後、うん」

「それでは一年後に大王としてお迎えに参ります」

「違う、違う。具体的に考えてみるということだ。どうしたら大王でやっていけるか、を考えるのだ。そのやり方が分かったら大王になる。それから、奈良の近くに適した土地を探し、そこからヤマト朝廷を運営する方法を考える。奈良には入らん。考えが決まったら使者を送る。それ迄にいろいろと調べる」

何となく押し切られたオドド王だが行動は早い。

第一皇子の勾太彦（のちの安閑天皇）を百済に行かせ鉄素材の増産を交渉させた。

オドド王は、第二皇子の檜高彦《ひのたかひこ》（のちの宣化天皇）と近従の葉瀬利《はせり》、男道武《おどたけ》、磐隅広《いわくまひろ》を連れて、宮殿を造る土地を探しに行った。大淀川の南岸で桂川、宇治川、木津川が合流する近くの交秦に宮殿を造ることに決めた。近くには先祖のホムダ大王（応神）と神功皇后が休んだとされる石清水の丘があり、交秦は、オサザキ王（仁徳）と妻の深香美姫と子らが出雲から来て、最初に住んだ場所である。

オドド王は、葉瀬利にこの場所で楠葉宮を造るように命じ、磐隅広には楠葉宮に隣接して鍛冶工房と鋳造所を造るように命じた。交野山から火力になる木材の調査も命じた。

「三国から船大工を呼び寄せ、大淀川の沿岸で大きな船を沢山造らせろ」

瀬戸内には朝廷の船はあるが、それ以上多くのオドド王専用の船を造る事を命じた。

船で瀬田から琵琶湖を北上し帰る途中、故郷の高島で船を降り、先祖の墓参りをした。

更に、今津に船を泊め、

「朝鮮半島からの鉄素材等を小浜の港に揚げ、若狭街道で琵琶湖の今津まで運び、船に積み、交野の鍛冶工房に入れるようにしたい」

「若狭の小浜から今津へ街道を整備して道幅を広げる工事を始めてくれ」

と、檜高彦皇子（のちの宣化）と男道武に指示をし、

「百済からの船を、筑紫から瀬戸内を通って難波津に運ぶには、海賊が多くて煩わしい。日本海の対馬海流で若狭に船を着け琵琶湖を下れば交野山の工房に運べる」と、説明した。

三国に戻ると、勾太彦皇子（のちの安閑）が、百済から工人数名を連れて帰ってきていた。

「百済の斯麻王に父上がヤマト朝廷の大王になるとお伝えしたら、祝いだと言われまして、銅鏡の工人と白上銅を二百匁と鏡の鋳型を持った漢人を下賜くだされました」

「百済の工人は、開中直《かいなかじ》と今洲守《いすもり》と申しまして、漢人は歳仁《としじん》と申します。漢の国から伝説の鏡を持ってまいりました」

「おう、ご苦労であった。交秦の鋳造工房ができたら、開所祝いに作ってもらおう」

「鉄素材が調達できる目途も付いた。よし！」

楠葉宮の完成が近くなると、オドド王は、物部鹿開と大伴金村に使いを出した。

大伴金村が急ぎ、越の三国の高向家に来て申し上げた。

「ヤマトの大王をお受けしていただき、ありがとうございます」

何度も礼を言い、次の難題を持ちかけてきた。

「つきましては、先々代のオケ大王（仁賢天皇）の皇女の手白香皇女を后にお迎えください」

「わしには愛しい妻の目野姫がいるし側女もいる。女御は好きじゃが、これ以上いらん」

「大王には立派な系譜の后が必要です」

「目野姫の実家は尾張の大篠家で系譜は立派だし、高向家も立派な系譜であるぞ」

「いやいや……大王には大王家の系譜が必要でござる」

「う〜ん。わしは妻の目野姫が愛しい。う〜ん、ならば、今の造営している宮の近くに筒城宮を建てて、そこに迎えるのは如何じゃ？　わしは通い婚とする」

「分かり申した。それでよろしゅうございます」と大伴金村は下がった。

百済の工人たちは、交野山の工房で銅鏡を作る作業に入った。漢人の歳仁は、中国から持ってきた鏡で鋳型を造り、百済の開中直と今洲守は、溶かした銅を流し込み【斯麻から男大遂王日十大王の長寿を祝】と刻銘し、真ん中に中国伝説の東西父母王の人物画像が描かれている。

鮮やかに輝く鏡が出来た。

『あっ！……文様を見たら逆だ。失敗だ』歳仁は焦った。『文様だから違いが分からない、大丈夫だ』自分で納得した。型を分けて二度作るのを一度で銅を流し込んだのだ。

輝く鏡に仕上げをして、オドド王に献上した。

「おぉ！　素晴らしい！」オドド王は感激した。

翌年二月、オドド王は楠葉宮で即位した。第二十六代・継体天皇である。

即位の祭壇は、上段中央には天照大神に見立てた丸い鏡を置き、その下段に百済の工人たちが作った真新しい人物画像鏡を飾った。

奈良から呼び寄せた大臣や豪族たちを前にオドド王は述べた。

「推挙を受け、ヤマト朝廷のオドド大王となった。我は、ここ楠葉宮を中心に都を造り、奈良以上に豊かな土地とする。ここは大淀川と宇治川、木津川が近くあって水利が良い」

居並ぶ家臣たちは驚きの声を上げた。

「何故、奈良の磐余の宮に入られぬか？」

「奈良盆地は道が狭く、糞尿が散乱している。荒地は異臭がひどい」

「朝廷の都が綺麗でなくて、ヤマト朝廷を信頼する者はいない。奈良を綺麗にしなければならない。都が綺麗になれば磐余の宮に入る」

さらに、オドド大王は大臣に指示を出した。

「和邇大臣は、木津川と佐紀の間に、民の遺骸を火葬か埋葬する場所を造ること」

「高市大臣は、生駒山地から伐採した木材を降ろす道を整備し、都の道を広げ、生駒山地の南の山肌に民の火葬場と埋葬場所を造れ」

「十市大臣は、都の道路を広げ整備すること」

「各大臣の仕事の進み具合を確認して報告すること」

「西文連は、葛城山地の木で木簡と竹簡をそれぞれ三百束以上作る事」

「巨勢大臣は、宇陀の谷に民の火葬と埋葬の場所を造れ」

「大臣や首長は村ごとに糞尿の収集所を造り、土に埋めるように民に伝えよ。異臭を放さないようにすること」

オドド大王は、一気に命令を出すと、大臣たちはオドド大王の忠臣になり、与えられことをしなければならなくなった。競争心も生まれた。

オドド大王は、一息いれて今度はゆっくりと、

「農耕具は我が皆に与える。交秦の工房で農工具をたくさん作る。畑を耕す鍬や木を切る斧やノミなど便利なものを作る」

更に、

「物部鹿開大臣と大伴家持大臣は三十人程度の隊を三編成作り、各地を行脚させる。我の詔書を持って、三班を十日おきに出発させる。各地の王や豪族の所で三日逗留し、論語と漢字をその場で木簡に書いて教えろ。書写は三十人で分担しろ。ヤマト朝廷の権威を各地の王や豪族に見せつけ、首長や国造連の働きを見てくるのじゃ。各地の王や豪族の饗応で集落の豊かさを見て取り、ヤマト朝廷への忠義を計る」

「三十人もの兵が来たら、豪族たちは困るだろうな」大臣たちは、オドド大王の積極的な施策に感嘆した。

即位の翌日、目野姫と第一皇子の勾太彦（のちの安閑）第二皇子の檜高彦（のちの宣化天皇）を楠葉宮に残し、大伴金村は、筒城宮で手白香皇女と婚儀を執り行った。

オドド大王は手白香后を楠葉宮に呼び寄せ、目野姫と皇子たちに挨拶をさせた。

オドド大王の心中では目野姫が一番である。

手白香后は、オケ大王（仁賢天皇）が蘇我氏の血統を引く春日姫に産ませた娘である。蘇我氏は滅亡した葛城家の残党であるが、今も、ヤマト朝廷の大臣や大連たちに影響力を持ち続けていた。

交野山の工房では、鍛冶、鋳造で順調に農工具の製造は進み、農具や工具が民の手元に届くようになった。来年は武器の製造に入る。

朝鮮半島と小浜の往来を担っている葉瀬利と磐隈広は、新羅と任那から荷揚げする鉄素材の量が少なくなっていることを感じていた。

四年後。

楠葉宮で妻の目野姫が亡くなった。オドド大王は嘆き悲しんだ。自分の心の支えが亡くなった感じがした。第一皇子の勾太彦（のちの安閑）を皇太子にし、第二皇子の檜高彦（のちの宣化天皇）と協力して各地の治世を常に見届けるよう指示をした。

翌年の正月、オドド大王は、手白香后が住む筒城宮に遷った。手白香后は押開広庭《おしかいひろにわ》皇子（のちの欽明天皇）を産んだ。

オドド大王が目指した楠葉宮を中心とした新たな都造りは遅々として進まなかった。男手はオドド大王の施策に駆り出され、都造りまで手が回らなかった。しかし奈良盆地は少しずつ清潔さをもどしてきている。

物部氏と大伴氏の兵士たちが各地を行脚して帰還してきた。各地の王や豪族はヤマト朝廷に忠義を持っていることに安堵したが、北部九州の王たちは、面従腹背の忠義を示しているようで、一筋縄でいかない相手と分かった。

七年後。

手白香后が亡くなると、オドド大王は大淀川の北岸の弟国宮を建てて遷った。

論語と漢字は大臣や大連の間では浸透し、礼儀や節度が身について来たと見たオドド大王は、知識は人を救い平和を求める心が生まれる信じ、王や豪族の次に、民にも論語と漢字を習得させようと考えた。

「いかなる民も漢字を学び、論語に親しむ事」オドド大王は詔を発した。

更に、紛争や殺生などを起こさないように、大臣たちが抱える私兵・名代を減らすことを命じた。

「大臣や大連、地方の王や豪族が抱える名代は六名までとする。解き放たれた名代が、漢字と論語を習得した後は、朝廷に仕える【御名代】とする」

「御名代は、民が争い事を起こさないように、都や集落を見回り、民の安全を守り、民が窮していることを助けることを行う」

と、詔を発した。現代の街のおまわりさんの原形である。さらに、

「物部鹿開大臣は、兵士、軍士を掌握し、兵士や軍士に漢字と論語を習得させること」

「漢字と論語を習得した兵士は、五人程度の班で漢字と論語を広げながら各地を巡視すること」

論語は暗証させ、漢字は地面や砂板に書いて習得を進めた。

兵士の度重なる日本各地への行脚は、次第にヤマト政権の勢力が各地に浸透し、租賦が増える結果に結びついていった。オドド大王は日本統一が近いと感じた。

奈良盆地では、異臭が消え少しずつ清潔感が戻ってきた。オドド大王は磐余の玉穂宮に遷ることを決めた。遷宮には奴婢や斗人の働きが必要である。オドド大王は奴婢や斗人の悲惨な状況をみて、オハツザキ大王（武烈）が奴婢にした残虐な行為を思い出した。

オドド大王は、隷属する人間の解放を、急ぎ詔を発した。

「奴婢を全て解放するか、もしくは斗人として扱うこと。住まいと十分な禄を与えたうえで、使役させること。斗人は十年で解き放つこと」

斗人は戦前の小作人に似た立場で、住まいはあるが自分の耕作地を持たない。技術や地位のない多くの渡来人が斗人か奴婢になっている。

「十年間斗人であった者は、自ら開拓する土地を与える。新たに斗人になった者は、十年間斗人を勤めたのち自らの土地を開拓することができる」

大臣や大連たちは、命令が続き、名代を減らされ、そのうえ奴婢を手放せと、オドド大王に不満が募ってきた。誰もが、便利なものを手放すには抵抗がある。

磐余の玉穂宮に遷って、まもなく、

「任那から鉄が入手できない」

「新羅が任那を攻めて、鉄の船積みを妨害している」

と、琵琶湖の今津と交秦の間の海運を担っている毛野大臣から報告があった。

オドド大王は一万の兵を小浜と難波津から朝鮮半島に向かわせた。

難波津から出た船団が関門海峡を抜けると、背後から筑紫の兵が襲ってきた。よく見ると甲冑の色が日本の色と違う。

「新羅の兵だ！」不意を突かれた毛野大臣は、長門の豊浦に逃げ込んだ。

報告を受けたオドド大王は、毛野大臣と物部大臣らと対策を練った。

「北部九州のクニグニは新羅と組んでいるのか？」

「北部九州でも、筑紫と筑後は考えが違うようだ」

「筑紫の奴国では、春日の丘の工房は今も鉄が入手出来ているようだ」

「筑後の耳納山地にいる磐井一族が新羅と組んで、鉄の供給で北部九州のクニグニを操っているようです」

「磐井を攻めると北部九州のクニグニは反攻してくるか？」

「難しいところだが、我らの大軍で攻めれば北部九州のクニグニは従属するでしょう」

翌年の春、毛野大臣と物部鹿開の兵士数万で磐井一族を滅ぼした。

オドド大王は、朝廷直轄の屯田と屯倉を筑後と筑紫に八ヶ所を設置し、大宰府を置き三百名の兵士を駐在させることにした。

オドド大王の勝利の噂は、日本の各地に広がり、ヤマト朝廷の権威が高まった。日本統一の礎ができた。

オドド大王は、各大臣や豪族たちを磐余の玉穂宮に呼び寄せ、
「次の大王を第一皇子の勾太彦《こうたひこ》（安閑天皇）とする。既に勾太彦は高齢ゆえ、その次の大王も決める。それは第二皇子の檜高彦《ひのたかひこ》（宣化天皇）である」と宣言した。

葛城の血統を持つ蘇我大臣は大反発をした。

「手白香后の皇子・押開広庭皇子（のちの欽明天皇）を大王にすべきである」

大伴金村や物部鹿開や和邇大臣らは、

「オドド大王の意思を尊重すべきである」と、主張して勾太彦を大王に推挙した。

翌日、オドド大王（継体天皇）は崩御した。「日本書紀」で八十二歳とある。

勾太彦は、コウタ大王（安閑天皇）に即位する。しかし蘇我一族は、磐余の外れ敷島宮で押開広庭皇子を大王（欽明）と名乗ったが、蘇我氏は、奈良盆地の王や豪族の協力関係を重視して、押開広庭皇子を大王と名乗らせただけで止めた。

ここでヤマト朝廷を分裂させれば、オドド大王が築いた日本の各地からヤマト朝廷への求心力が無くなってしまうと判断した。

コウタ大王（安康）は在位二年で崩御し、弟の檜高彦がヒノタカ大王（宣化天皇）に即位した。

オドド大王（継体天皇）崩御から約八年後に、ヒノタカ大王（宣化天皇）が崩御して、尾張の目野媛の時代は終わった。

蘇我氏は、押開広庭皇子を第二十九代の欽明天皇に押し出してきた。

まもなく、磐余（桜井市）の大和川右岸に仏教公伝の船が百済から着いた。

蘇我一族の強引な権勢の始まりである。

その後、
大伴一族は、朝鮮半島の加耶進出に失敗して失脚した。

物部一族は、崇仏の争いといわれる丁未の役で滅亡した。

蘇我一族は、乙巳の変で滅亡した。

ヤマト朝廷の政権を支えていた奈良盆地の王や豪族たちが衰退滅亡して、大王（天皇）を中心とする王権の時代へ進んでいく。


（第三部　了）

# 第四部　「古代ヤマト政権の誕生ロマン」の考察

「古事記」や「日本書紀」の古代天皇は、現在の【人生百歳時代】を先取りしたような、総じて長命になっている。神武天皇（神日本磐余彦天皇）は紀元前七一一年生まれ百三十七歳まで長命（別説あり）で、紀元前六六〇年橿原宮で即位したされる初代天皇である。

藤原不比等らが「古事記」「日本書紀」の編纂を始め、その後、古老の伝承を盛り込んだ「風土記」の作成を諸国に奨励した。

平城京に遷都した二年後、七一二年元明天皇期、「古事記」を太安万呂が撰上する。七二〇年元正天皇期、「日本書紀」を舎人親王が撰上する。

日本の紀元前の事を八世紀初めに記述されたことになる。

「日本書紀」の人名や地名の比定や宮殿の名前などは後世で記述をしばしば変えており、明治天皇期にも変わっている箇所があります。

このロマンは小説です。登場した人物の名前は「古事記」「日本書紀」から借りた、このロマンの中だけの人物像です。

それらを軸にロマンを組み立てた背景を考察にまとめた。

## 序章　ヤマト王権かヤマト政権か

「王権」と聞くと、独裁的なイメージがあります。また、必ずしも独裁でなく、民意に寄り添った王様の逸話も各地にあります。そのような王様は民衆に親しまれ敬われています。

古代ヤマトの天皇創生の頃を考えてみると、弥生時代のように各集落の長が王や豪族がその集落の王権であり、その集落の民衆を統治していたと考えられる。それぞれの個別の集落や地域の中に指導者や王権が存在したと考えられます。

それらの王権をまとめる存在が大王《おおきみ》（天皇）であった。その大王を推挙、擁立するのは個別集落の王や豪族たちの連盟であったと考えられています。大王には権限がなく象徴的な存在と想像する。

「日本書紀」は、天皇の歴史の記述が主で、日本各地の集落や豪族の記述が少ない。例えば、「魏志倭人伝」にある「倭国大乱」に関する記述がない。奈良盆地には倭国大乱が発生する原因がなかったと考えられる。

集落の王や豪族が互いに協力し合って生活している奈良盆地に「神武天皇」という外来者が住み着き、集落を形成し農耕を開拓し勢力を拡大した。集落の王権の一つになった。

奈良盆地で在来の王や豪族たちは連盟で、外来の部族が造った集落の王権を監視したと考えられる。神武天皇の橿原集落は葛城一族によって監視され、山辺道の崇神天皇系統は十市一族や物部一族が監視した。監視から近江に逃れ、日本各地と連盟しようとしたのが成務天皇でなかったか。

大王（天皇）は、王や豪族に擁立されながら実権がない中途半端な時代が続いた。それを打破し大王の力を各地の王や豪族に見せつけたのが継体天皇であったと考える。

継体天皇の誕生前後に、奈良盆地の葛城一族、平郡一族、大伴一族、物部一族らの豪族は、陰謀や事件で滅亡していく。乙巳の変で蘇我一族は滅亡となる。

継体天皇がヤマト王権の始まりと考えられる。その後、ヤマト朝廷に権力争いが多発するようになる。

奈良盆地の集落の中は王権であり、地域は政権であったと考えた。

## 第一部の第一章　【神武東征と大国主命】の考察

神日本磐余天皇《かみやまといわれびこのすめらみこと》（神武）の東征の旅は「古事記」「日本書記」で、神代と人代を結び付ける位置づけで書かれたものと推定する。

古代、神武天皇が日向から北上して瀬戸内を東に向かうことは可能だったか。

紀元前三五〇〇年頃の縄文時代、青森市の三内丸山遺跡では糸魚川産のヒスイ、北海道産の黒曜石、岩手県産の琥珀などが出土している。また、福島の三貫地遺跡ではアイヌ人と琉球人のDNAが発見されており、人や物の長距離移動があったことを物語っている。

弥生時代には北部九州に奄美・沖縄などの南方諸島からボウフラ貝などが装飾用に大量に入ってきており、北部九州と南方諸島とは安定的な交流があったと考えられる。

「日本書紀」で神武天皇は紀元前六六七年十月五日に日向を出発、磐余彦（神武天皇）四十五歳とある。

瀬戸内の航海は東西南北に古くから発達しており、海賊と言われる者たちは多くいた。周防灘は九州側、四国側、山口県側に林立し、速吸瀬戸のウズヒコもその一人。広島は村上水軍、吉備は上道、下道など、神武東征は、それらの海賊に挨拶する形で停泊している。

漁民ウズヒコが「ハツクニシラス」と呼ぶ「ハツクニシラス」は口語伝承の話し言葉で、「日本書紀」が漢字を当てていると考える。古事記に「ハツクニシラス」の記述がないことを考えると、「日本書紀」の造語かもしれない。

「日本書紀」に「神武天皇を始駆天下《はつくにしらす》」「崇神天皇を御肇国天皇《はつくにしらす》」と称したとされる。それが「ハツクニシラス」になったのと考える。「天下・天皇」を「シラシメル」という読み方は、日本書紀研究家による文言に見られる。「天皇」の称号は六七七年頃からと言われている。

漢字は渡来人の一部が理解できる程度で、農民や漁民は文字がなく、会話の口語発音で伝達し意思疎通している。戦前まで文字を持たない民族は東南アジアにもあった。

筑紫「岡水門」の場所は諸説あるが、当時の湊は北九州の「井ノ浦港」を想定した。

奈良時代の終わり頃、称徳天皇が和気清麻呂の脚の筋に傷つけ、大隅国へ流刑させる際、難波から船で北九州の「井ノ浦港」に着き、イノシシの助けで近くの足立山に登って脚が治った逸話がある。和気清麻呂は京都御所近くの護王神社の祭神である。

吉備の高島は、岡山県笠岡市の高島と思われる。島の山頂に王泊古墳がある。

天日槍《あめのひぼこ》は「日本書紀」「播磨国風土記」では「新羅国」から妻を追って日本に来たとある。

但馬牛や製鉄の技術を伝えた。新羅の建国は三五六年で、大国主命の頃は二世紀から三世紀と推定され新羅は「辰韓」の時代と考えられる。

「日本書紀」の垂仁天皇期では、新羅系の記述が多く、天日槍は新羅の王子が但馬地方の祖になったとある。

鳥取砂丘の西で海岸近くの青谷上寺遺跡は、縄文時代の土器やアミ籠など出土し、弥生時代の人骨五千点以上も出土した大きな集落跡である。

武器で殺傷されたとみられる人骨百体以上が出土し、渡来人か北部九州からの侵略を受けたと考えられている。天日槍と大国主命の争いを裏付けるものか。

播磨一ノ宮の伊和神社の祭神は、天日槍の侵略に戦った伊和大神《いわのおおかみ》らを祀る。但馬から丹後半島を中心に日本海側の海岸には、朝鮮半島から多くの渡来人が上陸してきた。

天照大神の「国譲り」で大国主命の出雲にきた使者は、「古事記」では『武実槌』一人であるが、「日本書紀」と「出雲国風土記」では『経津主』（物部氏）と『武実槌』の二人となっている。

日向から来た武実槌は、石見の物部神社で『経津主（物部氏）』を訪ね、一緒に出雲の稲佐の浜に向かったと考え、ロマンに盛り込んだ。

島根県太田の物部神社は出雲大社並みの大きさである。神武天皇が与えたとされる剣が祀られ、物部氏の始祖が大陸から渡来した地との説がある。

物部一族の始まりは、中国大陸・西南地方の夜郎国の苗族《しゃおぞく》が秦に追われ分散し、その一族が島根の太田付近に渡来した説がある。

奈良・山辺道に古く質素な夜都伎《やとぎ》神社があり、物部氏の石上神宮に近い。苗族の国・夜郎国ゆかりか？　由緒ははっきりしていない。夜郎国に似ているのでゆかりを感じた。

苗族は、青銅の生産が発達し、武器のほとんどが青銅器だったとされる。狩猟生活で使う弩《ど》弓《きゅう》の技術が優れており、クルミの木で造られた弓は、矢はまっすぐ遠くまで飛ばし精度が高いとされる。

苗族は、身のこなしが素早いことから、秦や前漢の侵攻から身を守ったが、矢が尽きると苗族の青銅の重い武器は接近戦で鉄製武器に負けたといわれている。

苗族と似た文様の青銅器のドラが日本でも出土している。くるみ餅や酒のモロミ等、日本の食文化にも似ている。

藤原不比等が創建した春日大社の祭神は『武実槌』である。

また創建が神武天皇即位の年と伝わる茨城・鹿島神宮の祭神も『武実槌』である。

出雲大社の天空の社の高さは、出土した柱跡の大きさで約四八メートルと推察されている。天空の社は平安時代には何度か倒れ、今の形の神殿は鎌倉時代の造営である。

「古事記」、「出雲国風土記」、「播磨国風土記」などの大国主命は、優しくて争い事が嫌いで、危機に遭遇すれば、なぜか女性に助けられ、遠征の先々で女性を妻にするバイタリティー溢れる男性として描かれている。戦わずして女性の領地を手に入れた出雲王朝を表しているのだろう。なんとも羨ましく憎めないのである。

ヤマトに旅立つ大国主命に妻のスセリ姫が浮気をしないように迫り、固めの杯を交わしたと、「古事記」に逸話がある。

斐伊川の素戔嗚の里に住む阿角高彦《あづのたかびこ》は、宗像大社の祀られている多岐津媛に大国主命が産ませた息子になっている。

「出雲国風土記」に、素戔嗚が出雲から瀬戸内の神に求婚しにいく途中、山中で夜になり、蘇民将来のぼろ家で宿を借りた。出雲王朝と吉備国の深い親交があった逸話である。

素戔嗚と蘇民将来は京都・八坂神社に祀られている。

出雲と吉備は、奈良時代まで強いきずなの関係があったとされる。奈良朝廷は、吉備が目障りであったと考えられ、白村江の戦いに吉備の多くの人が駆り出された。

「日本書紀」で神武天皇が、吉備の高島を出発したのは、紀元前六六三年二月一日とある。

当時の大和川は、奈良盆地から生駒山地と葛城山地の間を抜け、河内平野に出ると北上して淀川に合流していた。大和川の流れは穏やかで川幅は二〇〇メートルくらいあったと言われる。

難波津は、淀川と大和川が複雑に合流した大きな湿地帯の微高地である。

「日本書紀」にある「仁徳天皇の茨田の治水」は、第三部でロマンにした。

江戸時代一七〇四年の治水工事で大和川は生駒山南麓から西の堺市へ流れるようになった。

生駒山の西側は干拓が進み、綿花や麦が栽培された。

生駒山の南麓の亀が瀬渓谷で、五瀬命に矢を放ったニギハヤヒ命（饒速日命）は、神武天皇より古くに降臨（渡来）した「物部氏」の始祖と言われる。

亀が瀬で五瀬命を討ったニギハヤヒ命は後に、神武天皇に忠誠を誓い宝刀を授与されたとされる。その宝刀は島根県石見地方の大きな物部神社に祀られている。

饒速日命は亀が瀬の近く大阪八尾市の渋川神社や河内平野に祀られている。

熊野の速玉大社の「お灯祭り」と那智大社の「那智火祭り」の由来は、地元の伝承で「火の威力を畏怖し崇拝し感謝する古代人の信仰として残っている」とある。熊野速玉大社と熊野那智大社の祭神は、「熊野夫須美大神」で「天下明命」の「火」を祀る神社である。

熊野本宮大社が今の場所に遷る前は山麓に近い大斎原《おおゆのはら》の平地にあった。熊野本宮大社の祭神はイザナミであり、第一神殿は「大己貴命」つまり「大国主命」を祀り、若宮は「天照大神」を祀る。神武天皇由来の逸話がない。

熊野には徐福が上陸した伝説があり、今も墓と祠があり徐福万燈祭が行われている。

徐福を神武天皇とする説あるが？

徐福は、中国・秦（紀元前二二一年～紀元前二〇六年）の始皇帝から「神仙の長生不老の薬」を探すように命じられて日本に来た。徐福が上陸した場所や立ち寄った場所の伝承は日本では秋田・男鹿の徐福塚から佐賀の金立神社など二十ケ所以上ある。隋、唐の時代の「義楚六帖」で日本は神仙の島と言われていた。

「古事記」や「日本書紀」で神武天皇を熊野から上陸させたのは、徐福伝説を彷彿させ中国を意識したと想像するのも面白い。

八咫カラスはサッカーJリーグのシンボルである。

八咫カラスは大きな鳥を意味し、古代の日本には鳥葬の風習があり、大きな鳥類は山の中腹に生息している。例えば、岐阜市の金華山系にある瑞龍寺山の山頂の古墳とされる長方形の岩を掘った岩舟型の穴は紀元一〇〇年頃の鳥葬の棺とみる。その隣に少し小さい長方形の石舟は祭壇とみられ内行花紋鏡など副葬品が出土している。標高二〇〇メートル位はカラスのような中型、大型の鳥が飛ぶに適した高さで、麓には烏森の地名が残る。

奈良盆地に出土する竹割型石棺や岩船の遺跡がある。諸説あるが、小高い山にある石舟を鳥葬の跡と考えてはどうだろうか。

熊野の古代の山里は土葬、鳥葬、火葬が混在していたと考えられる。

ロマンにある「古鍵村」は「唐古・鍵遺跡」を想定したもので、縄文時代から続いている大きな集落とされており、奈良盆地の中心的集落跡である。

奈良盆地の西の桜井、宇陀あたりには出雲・吉備由来の地名が多くあり、また東の葛城山地麓には日向ゆかりの地名が残り、日向民族と出雲・吉備民族が住み着いたと考えられる。

「日本書紀」に、辛酉年（紀元前六六〇年）一月一日（太陽暦二月十一日）神武天皇は、橿原宮で即位したとある。

中国の讖緯思想で辛酉年は特別であり、一二六〇年ごとに革命が起きる年と考えられている。

讖緯思想は暦が六十年で一巡する。辛酉年が二十一回繰り返した年に「辛酉革命」が起きるという中国の讖緯思想。

「古事記」や「日本書紀」や帝紀の国史編纂を始めたのは、六八一年頃であり、そこから二十一回、つまり一二六〇年遡った辛酉年は、紀元前六六〇年となるという。

「辛酉革命」の年に神武天皇が即位して地位と伝統を持つ正当な大王と、中国の唐に主張したかったのだろう。

最近の研究で、紀元前六六〇年に太陽フレアに大爆発があったとする説が発表された。

初代神武天皇の次から欠史八代と言われ実在が疑問視されている綏靖、安寧、懿徳、考昭、考安、考霊、考元、開花天皇までを、日向から天豊稚尊と産豊須尊の兄弟、出雲からの貴俣命、吉備からの賀陽正彦、熊野の武太彦と御間城姫の第一皇子、第二皇子、（第三皇子は垂仁天皇）、第四皇子らを欠史の天皇として考えてみた。

## 第一部の第二章　【崇神天皇と大物主神】の考察

神武天皇の古代名は「神日本磐余彦天皇」、また口語伝承の名は「ハツクニシラス」であり、「日本書紀」に「ハシクニシラス」が「神武天皇と崇神天皇」に使われている。漢字が違うが口語は同じである。「常陸国風土記」でも漢字は違うが二人共「ハツクニシラス」と伝承されている。

神武天皇の「ハックニシラス」は「葦原のクニ」を示し、崇神天皇の「ハックニシラス」は「ヤマト」を示し、別人という説がある。

一説に、崇神天皇は、五、六世紀のヤマト朝廷に実存した最初の大王とする。「日本書紀」の太歳換算の紀元前後頃と違う。今後の史跡や墳墓の調査で解明が望まれる。

「古事記」、「日本書紀」は漢文で書かれており、編纂した七世紀後半には漢字文化はあったが、日本人の漢字能力は低く、大陸からの渡来人の漢字能力に頼っていたとされる。表音を漢字にあてたもので、漢字の知識量によって、口語に当てる漢字が違ってくる。

口語は人が会話する話し言葉である。口語の記述に当時の中国でも当て漢字が多く使われており、使用漢字に一貫性はなかった。当時の日本でも同様であったと考えられる。

「日本書紀」を直接編纂した人が、口伝承の言葉を漢文に書き表す際に、自分の知識の中の漢字を当てて書いてもおかしくない。

倭途途日百襲姫命は、「古事記」でスエツミミ命の娘・イクタマヨリ媛が大物主神の妻になったとある。「日本書紀」は、大物主神の妻は倭途途日百襲姫命とある。

神武天皇と崇神天皇は同一人物であると考えられ、大国主命は吉備でハックニシラスの神武天皇になった。ハックニシラスは瑞籬宮で崇神天皇になった。

付近の地名や縁の史跡で、橿原は日向から来た民族が住み、山辺道は出雲と吉備から来た民族が住み着いたと想像した。

奈良盆地で、東の山辺道の南や磐余、宇陀には出雲や吉備がゆかりの地名が残る。

西の葛城道には高天原の伝承地名があり、ゆかりの名がある神社も多い。

「日本書紀」によれば、神武天皇の橿原宮以来、奈良盆地の西の葛城山麓の葛城道エリアに天皇の宮殿が造られてきたが、崇神天皇が初めて山辺道エリアに造営した。

日向から奈良に来た神（人）が、奈良を嫌い日向に戻る逸話がある。

「日本書紀」で崇神天皇の即位は、紀元前九七年正月十三日であるが、史料や纒向遺跡等の出土品で二世紀中頃とも考えられる。

欠史八代と言われる天皇を、このロマンでは橿原移住に尽力した人物と考えた。

第二代　綏靖天皇は、天稚命　日向から奈良に来た
第三代　安寧天皇は、御気途命　日向から奈良に来た
第四代　懿徳天皇は、産豊須命　日向から奈良に来た後、日向に帰る
第五代　孝昭天皇は、事代主　美保から奈良に来た
第六代　考安天皇は、貴俣命　出雲から奈良に来た
第七代　孝雲天皇は、阿角高彦　出雲から奈良に来た
第八代　孝元天皇は、賀陽正彦　吉備から奈良に来た
第九代　開花天皇は、武太彦　熊野から奈良に来た

天皇の称号が使われるのは七世紀末頃である。

ニシキノ彦（日本書紀名・イシキイリヒコ命）は、葛城山の西の河内平野の狭山池の造営に尽力したとして大阪狭山市に狭山神社に祀られている。陵墓は、阪南のはずれで、海に近い岬

町にあるが、一説には、美濃の地で弟のオオタラシ彦（日本書紀名・オオタラシヒコシロワケ・後の景行天皇）に殺害されたとある。

当時の天皇の宮殿は、現在、我々が持っている奈良時代のイメージと違い三内丸山遺跡や吉野ヶ里遺跡で見られるような建物であったと考えられる。日本で初の中国式宮殿は推古天皇期の小墾田宮で屋根は瓦でない。天皇の宮殿が今のイメージに近くなるのは藤原宮（六九四年）以降と考えられている。

## 第一部の第三章　【日限媛の哀歌】の考察

纒向遺跡から水路、土杭、大きな掘立柱跡や各地の土器が出土し、三世紀初頭に出現した初期のヤマト政権の王都と考えられている。

纒向神殿跡は神坐が西面、御座が東面であったとされ、向きが別方向になっているのは、出雲大社と同じ造りである。崇神天皇と大国主命とが同一人物と考えれば、出雲式宮殿を奈良盆地に造営することは十分に想像できる。

纒向遺跡の古墳群にある箸墓古墳は三世紀中頃の築造とされ、倭途途日百襲姫命の陵と推定されるが諸説ある。全長二八〇メートルと全国で十一位の大きな前方後円墳で後円部が高く初期の大王の墓の説もある。箸墓古墳は、昼間は人が列を作り大坂山から石を運び夜は神が作ったと伝わる。

三輪山の大神神社に伝わる逸話で、大物主神の妻となった倭迹迹日百襲姫命は、夫の大物主神が白蛇であったと知り、白蛇が三輪山に逃げたのを見て、悲嘆し座り込んだところの箸が陰部に刺さり亡くなったとある。この伝説は女性の男性求望のように感じる。

「古事記」、「日本書紀」には、大物主神は蛇神とあるが大物主神を祀る神社はない。三輪山の山麓に建つ大神神社の祭神は三輪山である。大神神社の境内に崇神天皇の磯城瑞籬宮《しきみずがきのみや》跡の石碑が建つ。

「日本書紀」巻第一の第六段一書で『大国主命、またの名は大物主神、または国作り大己貴命と号す』の記述がある。大物主神は大国主命であり、大国主命は崇神天皇とつなげた。

崇神天皇崩御の年は天皇紀六八年（西暦二一八年）十二月とあるが、三世紀初頭と考えた。

享年は「日本書紀」で百二十歳、「古事記」では百六十八歳とある。翌年十月山辺道上陵に葬る。

山辺道上陵墓は、行燈山古墳といわれ出土品や史料で推定すると三世紀の築造と推定されている。墳墓は周壕を含め全長三六〇メートルの巨大な墳墓で、倭迹迹日百襲姫の箸墓古墳のとなりにある。

山辺道エリアで大きな古墳を築造した崇神天皇は、この地域で勢力を拡大したと考えられる。

奈良地方は、古墳や平城京が余りにも有名で、多くの旧石器時代や縄文遺跡が忘れられた存在になっている。奈良盆地は遅くまで縄文文化が残り、王や豪族たちは連携を取りながら穏やかに暮らしており、人は平等で隷属的民の存在はなかったと考えられている。

畿内地方の方墳、円墳は、七世紀前後の古墳終末期が多いとされているが、日本海側や北部九州や中国地方ではそれよりも古くから方墳や円墳が築造されている。

方墳や円墳は、渡来の文化（古墳文化は渡来の文化）と考えられ、渡来人の文化が日本で融合して前方後円墳という文化が作られたのではないか。例えば、島根県安来の宮山墳墓群とその周辺は二世紀から五世紀の円墳、方墳が二十基以上出土されている。

ロマンでは、箸墓古墳を岡山の楯築遺跡古墳の形状から、方形を片側だけにして、前方後円墳に変形させた。築造は二五〇年から二六〇年頃と推定されている。

箸墓古墳型といわれる前方後円墳の形状や葺石造営方法が日本全国に伝わっている。出土された土器類の形状や土質は日本全国広く各地のものと分析されたという。

倭途途日百襲姫の墓と推定される箸墓古墳から、吉備の祭具、呪具の土器、吉備式特殊な器台などと、出雲や九州北部と似た三世紀前半の韓国式土器が出土されている。近くの遺跡からも庄内0式土器、布留0式土器や、美濃や三河など全国各地の土器類、吉備の祭器の土器も出土されている。

ロマンで、賀陽津彦の墓とした狐塚古墳は、出雲や吉備でみられる墳丘型の方墳である。その時代、前方後円墳が多い奈良盆地では珍しい。

倭途途日百襲姫が活躍したのは一八〇年頃から二五〇年頃と推定されている。

二〇〇年頃と推定されている纏向遺跡から桃の種が大量に出土された。

桃は中国で神聖な果物とされ、中国から贈られてきた説がある。仮に、中国から贈られたとして、ピンポイントで奈良盆地のヤマト政権、崇神天皇（大国主命）だけに贈られたと考えるのは疑問が残り、吉備と特別な関係をロマンにした。

当時、中国にヤマト政権や崇神天皇の存在が知られていたとすれば、中国の史料に何らかの記述が出てくるだろう。桃は吉備から送られたと考え、倭迹迹日百襲姫は吉備にゆかりがあるとした。

各地に王、豪族が割拠していた時代は、それぞれが中国や朝鮮半島と交易していたと考えられ、中国の桃の種は日本各地で出土しているだろう。

「日本書紀」によればヤマトで疫病が流行したのが二世紀末である。同じ二世紀末頃は、北部九州は異常気象が続き、大雨、干ばつが繰り返され小氷河期の寒冷期間で、「魏志倭人伝」による倭国大乱の時期に相当する。

## 第一部の第四章　【卑弥呼の旅】の考察

中国の諸子百家の中で道教は時代とともに変化していると見られている。老子、荘子の老荘思想は自然の変化に対応して精神の自由、個人主義の考えが神仙思想と陰陽五行に共鳴し、自然と社会の調和を訴えた。それが無政府主義に変化し、後漢の濁流政治で世情不安の中で道教が利用され、太平道、五斗米道が起きて黄巾の乱が起こったと考えられている。

後漢の末期に、五徳終始（輪廻）説の五行相生説（火↓土↓金↓水↓木↓火）で漢王朝の正当性を示そうとした。道教の自然摂理と五徳終始（輪廻）説が信仰された時代。

卑弥呼の許一族が出発したのは、鑑真和上と同じ揚州で、そこから長江を下った。台湾海峡は南への海流が早く横切るのに苦労したであろう。

東シナ海にでれば、波が荒く海流は更に複雑で、北海道沖の間宮海峡からくる北のリマン海流がロシア大陸側に沿って南下し朝鮮半島の先で、トカラ列島から東シナ海に入ってきた黒潮の暖流とぶつかる。東シナ海に入った暖流は、日本列島沿いに日本海を北に進む対馬海流と、南に向かう海流に分かれる。

東シナ海で、北からの寒流と南から暖流とがぶつかった流れは、水温の違いで複雑な動きをしながら、台湾海峡に入っていく。ここは狭く流れが速くなる。風は季節で北風と南風に変わり、しかも強風である。

日本からは、対馬海流を横切れば速く大陸に渡ることが出来るという。平戸から二日で大陸に着くと地元の人に聞いた。しかし大陸から日本への航海は海流が逆でなかなか進まない。

あの徐福も最初は海南島まで流されたとある。

鑑真和上も揚州から長江を下って六回目に来日できたが、五回目は、長江から一八〇〇キロメートル南の海南島に流され一年以上滞在した、と鑑真の「東征伝」にある。鑑真が失明するのは最後の航海の時とある。

空海の遣唐使船は三十四日間漂流して、四〇〇キロメートル南の福建省に漂着した。そこから長安まで川旅したとある。

遣唐使船も帰国便の何船か遭難している。南への海流が早いところである。末盧国の松浦が倭寇との説があるが、定かでない。

北部九州の倭国大乱は、朝鮮半島の三韓（辰韓・弁韓・馬韓）の鉄素材の利権によるものと考えられる。

卑弥呼が活躍した時期は、二世紀末頃から二四八年までの間で、倭途途日百襲姫も同じの時期であった可能性がある。また、倭途途日百襲姫と卑弥呼の二人が、老子（紀元前五〇〇年頃）の自然摂理の陰陽五行に精通していたとすれば、重用される巫女となったと考えられ、ロマンとした。

同じ時期の同じ巫女としたら、同一人物として考えられやすいが、二人が活躍した場所は、奈良盆地と北部九州と離れている。

卑弥呼の出現で倭国大乱が収まったとあり、奈良には疫病はあったが北部九州のような倭国大乱はなく、奈良に卑弥呼が誕生する要素がないと考える。

当時は、ヤマト政権の日本統一がなされていなくて、それぞれのクニグニの間で交易はあったかもしれないが、権力ある女性が移動する要因も見つからない。

二四八年の春、許晧春（春巫女・卑弥呼）は没した。八十一歳であった。

気象調査で二四七年三月二十四日と翌年九月五日には日蝕があったされている。

甘木市と朝倉市の平塚川添遺跡は、広大で今も大きい環濠跡が残り、水田が広がり古代の面影を感じる。この辺りは古代から何度も大きな水害が繰り返されたとある。卑弥呼の墳墓が造られていたとしても、流されているだろう。

「魏志倭人伝」に、卑弥呼の墓は径百歩（約一五〇メートルの円墳とされ、「日本書紀」から推定される倭迹迹日百襲姫の箸墓古墳は前方後円墳で全長二八〇メートル弱である。

墳墓の説でも倭迹迹日百襲姫と卑弥呼は別人と考えられる。

卑弥呼が「共立の女王」になるには、倭国のクニグニの大王たちとの面識と信頼がなくてはならない。そのための見識と風格をみせるには、中国からの渡来人で老荘思想を語り、陰陽五行の自然摂理で倭国の人々を圧倒させる事だったと考える。自然への畏怖が強い時代が背景にある。

## 第二部の第一章　【山辺道の王と豪族たち】の考察

この頃の日本列島の人口は五百万～八百万人とされ、稲作の広がりとともに人口が増え、渡来人も多くなってきた。

ロマンで唐古・鍵遺跡を古鍵村にして村の長を十市王にした。石上神宮の物部氏、檜原・夜伽伎神社辺りの大伴氏が主導してロマンを展開させた。

弥生後期前半の頃、稲作は水田と乾田が混在したと考えられ、水田の発達で収穫量が増えてくる時期であったとされる。

「日本書紀」では、垂仁天皇には多くの妃がいて、男色と書かれていない。ロマンでは、「日本書紀」の行間から推察した。

沙穂姫が夫を暗殺しようとする兄に、ナゼ手を貸したか、夫に魅力がなかったと考えるのが一般的と思う。つまり夫婦の関係が良くなかった。天皇を暗殺する未遂事件を起こす后の事を、「日本書紀」が敢えて記述した背景には、何か意味があるのではないかと考えた。朝廷側に被害がなかったのに、記述する必要性があっただろうか。

野見宿祢とケハヤの力自慢は相撲の始まりとされる。

垂仁天皇が后（女性）にさほど興味がない男色とあれば、沙穂姫が天皇に不満を持った事は考えられる。さらに、筋肉隆々の野見宿祢を近習にしたことで、想像が膨らんだ。

「日本書紀」で、沙穂姫は天日矛の子孫であるが、日葉酢姫は開花天皇の子孫とある。

男色のイソサチ大王（垂仁天皇）を仕切ったしっかり者の日葉酢姫をロマンにした。

交秦一族が返上した淀川左岸の交野山麓は、古代渡来人が住み着こうとした場所であったが、開拓ができなかったと考えられている、交野山麓から淀川に流れる天野川に七夕伝説がある。

ヌヌシ姫が「美味しい」と飲んだ米粉汁は、甘い物が手に入りやすい現代と違い、古代では、米粉と川コケの飲み物は初夏の時期だけの貴重なもの。現代の我々が食べたらまずい。川コケでなく草木の新芽の説もある。石に付いた綺麗な川コケが手に入れば試してみるのも面白い。

「夜伽伎《やとぎぎ》神社」の創建は、古いが由緒が明確でない。物部氏の祖・苗族の国が夜郎国であり、それが由緒か？　大物主神が倭途途日百襲姫に夜這いした逸話から来ているか？

景行天皇が即位する経緯で、「日本書紀」の記述では、垂仁天皇が二人の皇子に「ほしいものは何か?」と尋ね「天皇になりたい」と第二皇子のオオタラシ彦が答え、垂仁天皇がそれを認め、「景行天皇」になったと記述されている。ニシキノ皇子は「もっと強くなれる武器が欲しい」と答えたとある。

岐阜の学芸員さんから聞いた伝わる逸話では、弟・オオタラシ彦(次の景行天皇)が岐阜の加納で待ち伏せして、征夷からの帰る途中の兄・ニシキノ皇子と物部十千根を闇討ちにした、と教えてもらった。このロマンはそれをアレンジして採用した。

岐阜・金華山の麓の伊奈波神社に、ニシキノ皇子とヌヌシ姫命、物部十千根が祀られている。大阪羽曳野に溜め池の狭山池を築造した功績で、ニシキノ皇子は地元の神社に祀られています。

日葉酢姫の陵墓は皇后や女性天皇の陵墓が多い奈良盆地の佐紀盾列古墳群にある。陵墓に埴輪を建てて守る祭祀は日葉酢姫からと言われている。

日葉酢姫の享年は、「日本書紀」では西暦七一年で百四十歳、古事記で百五十三歳とあるが、古墳の推定は西暦二三〇年頃と考えられているが。

## 第二部の第二章　【食料確保の道】の考察

日本の各地には多種多様の民族、部族がいる。在来の住民、南洋系、半島系、大陸系、コーカサス系など渡来したそれぞれの風習を持ち、地縁で集団がまとまっている。

旧石器時代から弥生時代頃の日本は、地域、地縁の人々は協力し合い、争うことが少ない。武器は戦うものでなく獲物を捕らえる為に持っている程度だ。

現代のように「欲しい物が溢れている」時代でなく、食べ物が乏しい時代は、民衆に食べ物を与えれば、宮殿も造るし陵墓も造る労働力となる。食料の確保が勢力を強くする資源であった。

旧石器時代から弥生時代前半までは、食べられる事を最優先に協力し合い、食料を得るには自然の力が不可欠であり、自然への畏怖の念が生まれ、呪術や神を寄りどころにして、慣習、シキタリ、文化が生まれてきたと考える。

食料が安定してくれば、多様な比較基準が生まれてくる。例えば、稲作の収穫量、漁労や狩猟の収穫量だけが格差の時代から、道具、料理などの良い物を作る事が格差基準にもなる。

日本は水が豊富で作物は育ちやすいが、人の増加に食料が追いつかない時期と場所もでてくる。

ある社会学者は自虐的に、「世界から難民や生活できない落ちこぼれた多様な民族の人が日本列島に来て、各種の民族を日本人としてまとめる作業がヤマト政権の各地征圧」だったという説を述べている。統一民族を形成するステップで、渡来してきた民族が日本列島の気候の中で融合し「和」の日本人が形成されたとも考えられる。

東北に多いコーカサス系、面長半島系、丸顔南洋系など日本人の顔の骨格の多様さは古代から存在している。世界的にも古代から狭い島国に多様な民族が存在しているのは珍しいと言われている。

イギリス（グレートブリテン島）はヨーロッパと違った独自の列石文化を持つ先住のブリテン人が古代から住んでいた。感染病が持ち込まれ先住のブリテン人は滅亡したとの説がある。

紀元前、ヨーロッパ大陸からビーカー人などの民族がグレートブリテン島の東部の平野地帯に渡来し、ブリテン先住民は列石文化とともに北部に追いやられた。

ノーベル賞作家のカズオ・イシグロ氏の『忘れられた巨人』は、中世イギリスを舞台にして、サクソン人の進出で追い込まれ、片隅の洞窟で生活しているブリトン人老夫婦が息子の所に旅立つ小説である。老夫婦が行く先々でブリトン人、ピクト人、異教徒など、それぞれの風習に出会って葛藤していくストーリー。

古代、日本各地の縄文在来民は、渡来人やヤマト政権の征圧者に苦悩しながら融合し日本をつくった。同様に、ブリテン人は苦悩しながら渡来人を受け入れ融合してイギリス王国を築いた。

弥生時代の渡来人は空いた土地に住み着いていたが、この頃から渡来人が在来民の領地を侵すようになった。各村々がその対処に苦しみ、日本側の態勢を作り始めた頃である。渡来人の侵略が、村人たちの気持ちがヤマト政権に寄り添ったと考えられる。

葛城山の西に広がる河内平野は、その後、百済からの渡来人が多く住むようになり、それを取り仕切った葛城氏が勢力を伸ばしていく。

景行天皇期にヤマトタケルの逸話があるように日本各地に征圧軍が出兵し、安曇野のような事が各地で起こっていたであろう。安曇野の大王わさび園に伝わる逸話を少しアレンジして盛り込んだ。
長野・安曇野のワサビ農園に「大王」の名が残り、三重県志摩の大王町や愛媛の大王製紙もそうかもしれない。

埼玉の稲荷山古墳から出土した国宝・金錯銘鉄剣は五世紀のものだが、刻印されている名前はヤマト政権の征圧の仕方を表わしていると考えられている。刻印の「意富比跪」は崇神天皇の代の将軍名。次に続く刻印は「多加利足尼」は多加利の宿祢の名。さらに「弖己加利至居」は、次の系譜のテオカリワケ。系譜の名前があり、そのあとに当事者の大王の名が刻印された。

この頃の東国征圧は三河、美濃、信濃、加賀あたりまでと推定されている。

一説には、景行天皇、ヤマトタケルは存在しなかったといわれている。

## 第二部の第三章【ヤマト文化の拡散】の考察

成務天皇、仲哀天皇、神功皇后、応神天皇の実在を疑う説もある。

成務天皇（ワカタ大王）が女性である記述は、「古事記」にも「日本書紀」にもない。

成務天皇（ワカタ大王）を神功皇后にするロマンの背景は次の通り。

成務天皇と神功皇后の陵墓は、平安時代まで同じ一つと比定されており、成務天皇を女性とみていたのではないか？　平安時代まで成務天皇と神功皇后は同一人物と推定していたと思われる。

「日本書紀」の記述の没年は一致しないが、成務天皇と神功皇后の陵墓の造営年はほぼ同じである。

【延喜式】　狭城盾列池後陵　四世紀後半

【日本書紀】　狭城盾列陵　四世紀後半

【陵墓要覧】所在地　奈良市山陵町字御陵前

女性皇族の陵墓が多い佐紀盾列古墳群に成務天皇陵があり、神功皇后陵と日葉酢姫陵の隣にある。佐紀盾列古墳群は、奈良の平城京の北側にある。

成務天皇と神功皇后が同じ人物と考えれば、「実在が疑問視されている成務天皇、神功皇后、仲哀天皇」の関係がロマンになると考えた。

「日本書紀」の成務天皇期は、二百二十文字程度の記述である。クニの境を定め、民は安らかに住み、近江の国を治めたとある。奈良盆地の外に遷都したのは成務天皇が初めてである。

「日本書紀」に成務天皇は、村、クニの境を決めるなどをしたとある。好戦的な景行天皇と違い、事務的な政策をした天皇になっている。

成務天皇期の全国征圧は融和策だったと考えられ、その時代に奈良盆地の文化が日本の各地に広がったかもしれない。ヤマトの文化が日本の各地に受け入れられたのは、武器や武闘だけの征圧でなく、柔剛の戦略があったと考えたい。

成務天皇期の征圧地域は、筑波、房州、上毛野、下毛野あたりまで広がり、飛び地的に東北地方に友好的交易のクニも現れてきた。

この年代は『大臣』『群臣』『大連』『国造』『首部』などの称号はなかった。前章で触れたが渡来人は、有史以前より存在し、定着し在来民になってきた。しかし、ある程度の社会制度が作られてくると渡来人は異人で扱いに困るものである。

奈良時代まで日本は人手不足であった。土地開拓に渡来人を受け入れ、住居を与え食料を三年間与える政策までしている。未開な東国、武蔵へ送られた渡来人は厚遇された。近江、河内平野は百済人が住み着いた。

ワカタ大王が取り決めたこの政策は、七〇一年、大宝律令、養老令の渡来人の差別化「帰化・化外・投化」「蕃国・外蕃」などの制度につながっていくことになる。

「帰化」は、天皇、国家が教化できる。「化外」は蕃人が奴婢として十年後に放たれ三年後になれる。蕃人は朝鮮半島からの渡来人、帰化は大陸からの渡来人が多かったとされる。

このロマンで、成務天皇（ワカタ大王）が海の男・仲哀天皇（アシナカツ大王）に一目惚れする流れは、自然であるようにした。それは成務天皇が女性であることが前提である。

成務天皇と神功皇后を一人の人物にして仲哀天皇の后であれば、奈良と北部九州がつながり、大陸への航海が安全になる。仲哀天皇（アシナカツ大王）は海の男でなければならない。

それは、「日本書紀」あるいは七世紀の日本で、中国の隋や唐の交流が始まる時で、九州に地盤を持つことは、奈良にとって中国への安全な海路を手に入れる事である。

それには、長門国の海運の王を天皇家に組み入れ、天皇一統を貫く必要があった。

## 第二部の第四章　【仲哀天皇と神功皇后】の考察

「日本書紀」に神功皇后の動向の記述があり、それに関する伝承地や逸話等は九州に多いが、畿内は少ない。

神功皇后が仲哀天皇の后になる理由は、「日本書紀が重要とする天皇の血統」を仲哀天皇に入れたかった、つまり、次に生まれる応神天皇に血をつなげる事を考え、神功皇后の出自を開花天皇の祖孫とし、葛城氏の娘の子である。開花天皇は実存に疑問がある九代天皇である。

仲哀天皇（天皇になる前）には妻と子がいて豊かに暮らしていて、成務天皇（神功皇后）と結婚する意味がない。不倫で結婚したようなもの。

ヤマト朝廷は中国と交流をしていくうえで、安全で安定した海路が必要だった。そのためにワカタ大王（成務天皇）が海の男を取り込んだストーリーにした。

熊襲は直接的にヤマト朝廷に被害を与えていないが、仲哀天皇は熊野征圧に九州に二度行っている。奈良の開花天皇と葛城の娘の子（神功皇后）が、仲哀天皇の后になり、仲哀天皇の熊野征圧に九州に二度も随伴している。父のヤマトタケルにも神功皇后は同伴して熊襲征圧に行っている。

九州南部の熊襲は、五～六世紀にヤマトに従属したとされ、隼人は面従腹背でヤマトに従ったり反発したりして、七二〇年ヤマトに従属したとされる。

一説に、九州南部は南方系民族のＤＮＡが混じり、北部九州や畿内は朝鮮半島系のＤＮＡが混じっているといわれ、九州南部の熊襲は、奈良の民族と合わなかったと考える説もある。

まだ日本で融合が進んでいなかった時代である。

蝦夷は阿弖流為が八〇二年、京都で暗殺されヤマト政権に従属させられた。

「日本書紀」によれば西暦一九二年、仲哀天皇（アシナカツ大王）即位。在位九年で崩御とある。五十二歳で崩御、西暦二〇一年とある。

九州の墳墓は墳丘形が多いが、前方後円墳の石塚山古墳は三世紀の築造とされ全長一三〇メートルで九州では最大で最古である。ヤマト政権の影響を受けた首長か豪族の墳墓と考えられている。北部九州には墳丘型の陵墓が多く、前方後円墳は珍しい。この石塚山古墳は時代と墳墓の形から仲哀天皇の墳墓と想定できるか。

また、畿内にある古市古墳群の岡ミサンザイ古墳は、仲哀天皇陵と比定されている。奈良盆地の外で、葛城山地の西側にある。出土品から五世紀前半の築造と推定され仲哀天皇の没年から二五〇〜三〇〇年以上後の築造で矛盾が大きい。

神功皇后は、仲哀天皇が没しても実家の奈良・葛城家に戻らず、母子家庭で頑張ろうとした。開花天皇の子孫で葛城氏の娘・神功皇后が未亡人になっても、縁者が少ない九州に住み続け、新羅出兵したのはなぜか。

紀元前三〜四世紀頃より、北部九州の倭国のクニグニは三韓（辰韓、弁韓、馬韓）から短冊型の鉄板や鉄クズの鉄素材を調達し鉄器が生産されていた。鍛造は鉄のリサイクルで焼き鈍し軟鉄を鍛造して農工具や武器が作られた。鋳造はもっと以前から鉄器や釜や鼎などが作られていた。

福岡県春日市の須玖岡本遺跡は、奴国の鋳造等の生産工房跡と言われる。

渡来人が多くなるのは四世紀からで朝鮮半島内乱の時期でもある。その頃の朝鮮半島は、百済、新羅が建国される前で、北から新の民族が侵攻し内乱が始まっていた。

「古事記」や「日本書紀」で、神功皇后の新羅出兵は二〇一年とある。新羅の建国は西暦三五六年で、新羅はまだ存在していなくて、辰韓といわれていた頃に出兵したことになる。

朝鮮半島に行く名目はあるとしても、時代の矛盾は残る。推古天皇が西暦六〇〇年の新羅派兵を、「古事記」、「日本書紀」を編纂した七世紀末に盛り込んだか？

神功皇后が朝鮮半島に出航した神湊の近くに武内宿祢を祀る歴史ある織幡神社がある。

神功皇后が筑紫で応神天皇を出産した地名に「宇美《うみ》」「蚊田《かた》」の記述がある。

福岡空港から車で近い所に宇美八幡宮があるが創建は浅い。蚊田の地名が宇美になって八幡宮が創建されたという。当時の海岸線は大宰府まであり、神功皇后が新羅から船で帰国して出産しても可能な場所である。

「古事記」から、ホムダ皇子を天皇に即位させようとする神功皇后の執念が伝わってくる。

筑紫で神功皇后がホムダ（応神）の即位を祈って神託した年は二六九年頃で、「魏志倭人伝」に登場する卑弥呼の宋女「壱与」が健在だった二六六年とほぼ一致する。

天皇継承順位が高い仲哀天皇の先妻の子二人・籠坂王（香坂）と忍熊王は邪魔である。「日本書紀」では、琵琶湖で二人を謀略して殺害する。長門の人間を琵琶湖で殺す理由が弱い。琵琶湖は成務天皇が遷都した近江である。このつながりを見て、成務天皇と神功皇后は同一人物と思えてくる。

氣比神宮で名前をホムダ皇子に入れ替えたのは氣比神宮の挿話かもしれないが、面白いし自然現象に畏怖している時代に神の声（神託）は影響が大きいと考えてロマンに盛り込んだ。

［日本書紀による崩御の年と年齢、陵墓造営の年］

成務天皇　西暦一九一年　百七歳　四世紀後半　佐紀石塚山古墳
神功皇后　西暦二七〇年　百歳　四世紀後半　五社神古墳
仲哀天皇　西暦二〇一年　五十二歳　五世紀中頃　岡ミサンザイ古墳

神功皇后陵と成務天皇陵は奈良盆地の中にあり、仲哀天皇陵は奈良盆地の外にある。

成務天皇、仲哀天皇、神功皇后、応神天皇の実在を疑問視する説もあるが、神功皇后の逸話と史跡が多く存在しているのでロマンに盛り込んだ。

## 第三部の第一章　【もがく応神天皇】の考察

「日本書紀」では、二七〇年正月　応神天皇　即位　六十九歳とある。

その年の四月に神功皇后が崩御　百歳。

奈良・石上神宮にある国宝の七支刀は、百済の肖古王が倭王に贈ったとされるもので、倭王が誰であるか不明。北部九州のクニグニのどこかの倭王（鉄の交易が多い奴国か）が受け取り、後に、ヤマトに従属して奈良に贈ったと考える。ロマンでは応神天皇とした。

ヤマト朝廷に心強い人脈が少ない応神天皇は、母・神功皇后と過ごした筑紫が心休まる場所だったと思える。筑紫の人の温かい思い出で、北部九州の人のために頑張ろうとしたのではないか。

応神天皇の実在を疑う説の背景に、ヤマト朝廷で影が薄かったからかもしれない。

高句麗の広開土王碑の刻文に、三九一年高句麗と戦った倭王の存在がある。倭王は応神天皇の可能性があり、北部九州から出陣していると考えられる。

王仁《わに》氏の持ってきたとされる論語十巻と漢字千文字は、その後の日本社会に大きな影響を与えた。

百済本紀では、五一三年・継体天皇期に、孔子の儒学の五行博士と「論語」が日本に伝わったとされ、「日本書紀」の応神天皇期と異なる。

論語と漢字を日本の各地に広げる役割を、応神天皇と継体天皇にした。

当時中国での紙の原料は木の繊維を叩いて柔らかくして煮てすいたもので、楮《こうぞ》やミツマタを使うようになるのはもう少し後年のことである。

「日本書紀」では、三一二年、応神天皇が崩御。百十一歳とある。「古事記」は百三十歳。比定されている誉田御陵山古墳は造営が五世紀前半と応神天皇没後百年以上遅い。

応神天皇の存在は微妙な位置づけと思う。

## 第三部の第二章　【大国主命のＤＮＡ】の考察

「日本書紀」で仁徳天皇は、応神天皇の第四皇子とあるが、応神天皇の存在と「日本書紀」の記述にある業績から想像して、大国主命の子孫がふさわしいと考えた。

仁徳天皇の実績とされる茨田堤《まんだつつみ》は、淀川と大和川が合流地点の治水工事である。大阪門真市の堤根神社に土塁跡がある

当時の大和川は、奈良盆地から生駒山地と葛城山地に囲まれた峡谷を抜けると、河内平野を生駒山麓に沿って右に曲がって北上し、淀川と合流していた。川幅二〇〇メートルくらいで淀川の合流地点は所々に洲があり堤がなく浅瀬の湿地帯であったとされる。

この頃から仁徳天皇と葛城一族の結びつきが強くなり、葛城一族は権勢を振るようになる。

葛城一族は、山辺道の三輪山がご神体の大神神社に対抗して、葛城山をご神体とする一言主神社を創建した説がある。今では一言主神社のご神体は「事代主命」である。美保の海で魚釣りをしていた大国主命の子である。

奈良盆地の大和川が渓谷から河内平野に出たところで南の紀泉葛城山地から流れ出る石川と合流する地点も氾濫が多いところであった。大和川と石川の合流地点の安堂地帯の治水で湿地が耕地へと変わっていった。石川の左岸の堆積地は溜池が多い。

生駒山地と葛城山地の大和川の川幅を広げたことで、後年、百済からの仏教伝来の船が磐余

（桜井市）の大和川の岸に着けた。川幅工事は継体天皇期でも行われる。

大和川が現在のように、渓谷から真っすぐ堺港に流れるようになるのは江戸時代とされる。

古代は縄文土器に見られるように女性が重宝されていたと考えられる時代。男尊女卑の考えが広がったのは儒教によるとする説がある。男性は狩猟等で食料を調達するだけに対し、女性は食料を分配する役割で権限があり、家庭内で強かったという説に少し納得できる。通い婚で男性を評価していたのではないか？

仁徳天皇の時代に磐之媛に通い婚したのはその習慣が残っていたと想像する。

男性の通い婚は平安時代まで存在したが古代の意識と違っていた。平城京時代から平安時代になると食料が安定して確保され格差社会になる。女性の地位が相対的に低下したと考えられる。

河内平野の南部と淀川の枚方近郊は百済からの渡来人が住み着き、平安時代までヤマト政権を支えた。渡来人は次第に、河内平野から葛城山地を超えて奈良盆地の南の岡邑《おかむら》地域、明日香村に住むようになる。今の明日香村で村岡の地名が残る。アスカの地名は朝鮮古語の「アンスク」（安易に住む）という意味からきている説がある。今はロマンを感じる日本語の地名である。

明治の初めに比定された大仙古墳が仁徳天皇陵墓とするのに疑問を持つ識者が多い。ロマンでは、仁徳天皇の優しさを表して工事で殉死した人たちを慰霊するモニュメントにした。大仙古墳の大きさが似合うと考えた。

大仙古墳は世界遺産になり、世界最大の単一の人工物である。発掘調査が望まれる。

# 第三部の第三章　【履中天皇兄弟と甥っ子】の考察

仁徳天皇は葛城一族の娘の磐之姫（祝之姫）を正后にする。この章は、その葛城磐之姫の子孫の逸話である。

「日本書紀」では、仁徳天皇と磐之姫の息子は、仲皇子、履中天皇、反正天皇、允恭天皇である。履中天皇の子は、允恭天皇家族に殺されて天皇になれなかった。孫が天皇になる。

允恭天皇の子は、安康天皇、雄略天皇となる。清寧天皇は雄略天皇の子とある。

武烈天皇には諸説ある。雄略天皇の子の説、孫の説、雄略天皇と武烈天皇が同一人物の説など、武烈天皇の悪行がひどいので実存していない説もある。残虐非道であったから仮想の天皇にしたい気持ちからの説か？

この頃が、古代ヤマトの暗黒の時代で、「古事記」も「日本書紀」も記述表現が明確でないと感じる。

安康天皇は叔父・大草香皇子（眉輪王の父）を殺した。暗黒のヤマト朝廷の始まりである。

安康天皇は、允恭天皇の第二皇子であるが、第一皇子で兄の木梨軽皇子を失脚させて自ら天皇になっている。

雄略天皇は履中天皇の子（市辺押磐皇子）を殺害した。

身の危険を感じた履中天皇の孫（市辺押磐皇子の子）のオケ兄弟は、播磨に逃げ、十四歳の葛城伊佐野皇子は名代《なしろ》と筑紫の高倉家に逃げた。名代は大王や王が私的に抱える武士。

オケ兄弟は二十三代顕宗天皇、二十四代仁賢天皇として「日本書紀」に登場する。

雄略天皇は、更に、葛城家に逃げた従兄の眉輪王も殺し、眉輪王をかくまった葛城一族を滅ぼしてしまう。葛城家は祖母の実家である。

滅亡した葛城一族の遺子たちは、羽田氏、巨勢氏、蘇我氏などに分散した。後年、蘇我馬子の弟・那羅鳥《ならとり》は葛城氏を名乗ることになる。

次に、平郡一族が権勢を握り、オケ大王（仁賢天皇）の宮殿を造ると言って、平郡真鳥が住む宮殿にした所業が横暴とされて、平郡一族は滅ぼされたと「日本書紀」にある。

このロマンでは、平郡一族が滅ぼされる理由が弱いと考え、清寧天皇に滅ぼされた事にした。

武烈天皇は、三人皇女の中の一人息子で大事にされ甘えて育ったかもしれない。

民に対する暴虐が酷い。隷属されている奴婢や斗人に行ったとされた残虐ぶりは、吐き気がするほど酷く残虐と書かれている。

このことが次の継体天皇期で奴隷的な人間を廃止する動きになったと思う。日本は早くから奴隷的な存在が廃止された（諸説ある）。

## 第三部の第四章　【焦る倭の五王】の考察

中国の正史に記述ある倭の五王が誰であるか議論が絶えないが、当時の五世紀中頃の日本の状況は天皇という名で国内が統合されていたとは考え難く、五王の全てが天皇であったと考えるのは早計と思う。

当時の日本はヤマト政権が誕生する少し前で、統一された王権は弱く、中国、宋書にある五世紀の「倭の五王」が誰かは特定できない。倭王は地域の豪族で各土地の大王だったかもしれない。

倭王が中国の帝に朝貢する理由は何だろうか？　交易の安全、権益、中国文化の導入、朝鮮半島の鉄素材の権益が考えられる。鉄を最も必要としていたのは北部九州である。「讃」は讃岐（香川県）の王であった可能性も捨てきれない。古代の香川の王は勢力が強かったとの説もあり、淡路島との地理関係から難波、奈良への海路を抑えていたと考えてもいいのでは？

出雲・吉備は四世紀にヤマト政権に従属したが、独自に大陸や朝鮮半島と交易があり、直接、宋に朝貢したとも考えられる。

倭の五王が朝貢して、見返りが「称号」だけだったか？　倭の五王に与えたのは、「称号」だけでないと考えたい。卑弥呼が帯方郡に遣使を出しても金印等が下賜された。

【印と方鼎】は日本で出土されていないが、ロマンに盛り込んだ。

称号は全員に【東】がつく。この【東】は高句麗を示す説と、日本を示す説があるが、「済」に与えた称号に「倭国」が追加されている事から、「東」は高句麗を示すと考えられる。

【安東将軍】は東を安寧する将軍を意味し、五ケ国（新羅・任那・加羅・秦韓・慕韓）と倭国を管轄させる意図があったのではないか？

「済」には朝鮮半島の五ケ国（新羅・任那・加羅・秦韓・慕韓）と倭国の軍事将軍の称号が加えられた。この頃の高句麗は、南へ侵攻を始めており朝鮮半島で内乱が起きていた。

「興」は、宋の文帝に自分の事や奈良の状況を伝えていないのではないか、つまり「興」は奈良の話題を避けたかったと想像する。

　中国・宋の順帝に出した「武」の上表書には、しっかりした漢字の文章で『祖父が日本を統一した』旨が書かれており、順帝が驚いたという。

　奈良を中心とした日本統一をした大王は、仁徳天皇である。孫は安康天皇と雄略天皇に当たる。「武」が差し出した上表書には「祖父」「日本統一」「漢文」「年代」があり、奈良ヤマトの事に触れている。

　ロマンでは、北部九州の豪族が鉄素材で中国の帝に会いに行ったとした。

　倭の五王が誰であるか、諸説が多くあります。その一例と、この大ロマンで想定した五王の人物を整理してみた。

| 【西暦】 | 宋書・南史・南斉書・梁書 | 【諸説の例】 | 【この大ロマンの想定】 |
|---|---|---|---|
| 四二一年 | 永初二年　宋武帝　「讃」 | 履中天皇 | （高倉産武・筑紫・遠賀） |
| 四二五年 | 元嘉二年　宋文帝　「讃」 | 司馬曹達を遣使 | （高倉産武・筑紫・遠賀） |
| 四三八年 | 元嘉一五年　宋文帝　「珍」 | 反正天皇 | （高倉遅途・高倉産武の弟） |

| | | | | | |
|---|---|---|---|---|---|
| 四四三年 | 元嘉二〇年 | 宋文帝 | 「済」 | 允恭天皇 | （豊喜多鹿博・奴国・将軍） |
| 四五一年 | 元嘉二八年 | 宋文帝 | 「興」遣使 | 安康天皇 | （葛城伊佐野・履中の孫） |
| 四六二年 | 大明六年 | 宋孝武帝 | 「興」 | 安康天皇 | （葛城伊佐野・履中の孫） |
| 四七八年 | 昇明二年 | 宋順帝 | 「武」上表書 | 雄略天皇 | （オハツタケ大王・雄略） |
| 四七九年 | 建元一年 | 斉高帝 | 「武」 | 雄略天皇 | （オハツタケ大王・雄略） |

日本名は二文字が多く、五人とも一文字になっているのは偶然か？

倭王は自分の名を自ら名乗ったようであるが、一文字文化の中国人撰者が、倭王の口上を聞いて当て字したか、中国の帝がつけたか、想像も面白い。

## 第三部の第五章　【継体天皇の出現】の考察

「日本書紀」で、継体天皇を応神天皇の五代孫の天皇縁者として登場させる。

応神天皇の両親である仲哀天皇と神功皇后（成務天皇）の実在に疑問がある中で、「応神天皇」の血統を持ち出すは不自然に感じる。さらに、妻女ある継体天皇に、仁賢天皇の娘・手白香皇女を后に押し付けた。天皇の血統を守るためと想像する。

本当に、応神天皇の五代孫なら、改めて、仁賢天皇の娘を后にする必要はあるのか？

また、「日本書紀」では、継体天皇の母・振媛は垂仁天皇の七代孫となっているが、その当時、系譜を正しく伝承することができたであろうか？　妃が何人もいて、それぞれの妃が産んだ子の子孫まで系譜を残していたと考え難い。

天皇の正当性と血族が続いていることを、中国の唐に主張する事を考えたと思う。

つまり、継体天皇は天皇の血統でなく、財力と権勢の実力を期待して荒れたヤマト朝廷の立て直しに抜擢したのではないか？　北陸の越の国に住む豪族は壮年で勢力も財力もある。

「日本書紀」では、疲弊したヤマト朝廷を立て直し、もう一度、求心力を高めるために、継体天皇が最適な人物と考え、大伴金村と物部鹿火、巨勢男人、河内の馬飼荒籠らが説得に行かせた。

奈良・山辺道の王や豪族が天皇を推挙するのは、継体天皇が最後になる。山辺道の豪族たちは衰退、滅亡していく。

継体天皇は、福井の三国で尾張の豪族の娘の妻と子供がいて生活を優雅に楽しんでいるところに、突然の話に驚いたと思う。高齢になり、天皇になりたくなかったと想像したい。

ヤマトの大王を引き受けた継体天皇は、磐余の地（桜井市）にすぐに入らなかった。

諸説があるが、ロマンは奈良盆地の不潔を理由にした。平安時代まで都は人糞や遺骸が散乱していた史料もある。小野篁が平安時代の初めに遺体の葬送場所を作ったのは有名な話である。

奈良盆地のクリーン作戦で、宇陀や高井田での葬送が定着してくると大きな古墳は造られなくなる。生駒山の南の山肌の高井田墓穴は六世紀とされ、継体天皇期になる。

継体天皇に贈られたとの説がある隅田八幡宮の人物画像鏡（国宝）、その祖型らしき物が奈良で出土した情報があり、ロマンでは、交野の鍛造工房で製作したことにした。

継体天皇期の六世紀初め頃から、中国大陸、朝鮮半島から大量に多様な文化が伝わり始める、実際は、もっと以前から伝わっていたかもしれないが、史料として確認できるようになる。百済本紀で、継体天皇期の五百十三年、五行博士（孔子の儒学）が百済から派遣されたとある。「日本書紀」では、応神天皇期にも「論語」と「漢字」が伝わったとある。ロマンでは、「論語」と「漢字」の普及役を継体天皇にした。紙は貴重品で木簡に書かれたと想像する。

北部九州はヤマトに従属的でなく、継体天皇も百済から鉄素材を海運するルートは瀬戸内を避け、日本海ルートでヤマトに運んでいたと考えられる。

日本海側の北陸・若狭の神宮寺（小浜市）では、奈良東大寺・二月堂のお水取り（修二会）に合わせて「ご香水」送りの儀式が毎年行われている。

古代の奈良と日本海側との関係を示したものと思われる。

ヤマト朝廷の荒廃で、大王の権威が落ちると、ヤマト朝廷から離反する動きが出てきた。その大きな事例が、筑紫の磐井の乱である。畿内を中心とするヤマト政権の視点では内乱であるが、外交的視点で見れば、新羅の日本侵略である。その侵略の内通者が筑紫の磐井一族である。

磐井の乱を抑え、内通者を絶滅させた継体天皇は、ヤマト政権への信頼を集めた。

ヤマト政権が中央政権になるターニングポイントは継体天皇であったと考えたい。

継体天皇の在位は約二十四年と短い。享年は、「日本書紀」で八十二歳、「古事記」で四十三歳。

仏教伝来は諸説あるが五三八年頃で、欽明天皇即位前後の時期と思われる。

六世紀中頃、蘇我稲目と物部尾輿の間で崇仏論争に絡んだ権力闘争が続き、仏教派の蘇我氏は葛城氏と共に、神道派の物部守屋一族を滅ぼした。五八七年の「丁未の役」の事である。大阪・藤井寺市にある辛国《からくに》神社は、元は物部一族の祖神を祀る物部神社であったが、蘇我氏の攻撃を恐れ、辛国神社にしたという。蘇我氏のルーツはカラクニである。

「丁未の役」で権力を得た蘇我一族は、女性の皇極天皇の怒りを買ってしまい、六四五年（大化元年）乙巳の変で、中大兄皇子（天智）と中臣鎌足（藤原）が蘇我入鹿を討ち、蘇我一族を滅ぼした。皇極天皇の浪費を戒めた蘇我入鹿に逆恨みした説もある。

皇極天皇の弟・孝徳天皇が即位し、難波宮に遷都、大化の改新を行う。大化の改新はヤマト朝廷の財政立て直しの倹約政策である。

孝徳天皇が「大化の改新」で財政を立て直すと、皇極は孝徳天皇をなきものにし「斉明天皇」と重祚して、白村江の戦い（六六二年）へと進んでしまった。

**【参考資料】比定・推定された主な古墳**

| 【造営推定年代】 | 【古墳名】 | 【埋葬者】 | 【推定没年（日本書紀他）】 |
|---|---|---|---|
| 三世紀中頃 | 径一〇〇歩　円墳 | 卑弥呼 | 二四八年頃没 |
| 三世紀後半（二五〇頃） | 箸墓古墳 | 倭迹迹日百襲姫 | 二五年頃没 |
| 三世紀後後（二九〇頃） | 西殿塚古墳衾田 | 手白香女（継体天皇后） | 五〇〇年頃没 |

| | | | | |
|---|---|---|---|---|
| 三世紀末（三〇〇頃） | 石塚山古墳（苅田） | 第十四代 | 仲哀天皇か？ | 二〇一年頃没 |
| 四世紀中前（三二〇頃） | 行燈山古墳 | 第十代 | 崇神天皇 | 二八年頃没 |
| 四世紀中頃（三五〇頃） | 渋谷向山古墳 | 第十二代 | 景行天皇 | 一三〇年頃没 |
| 四世紀後前（三六〇頃） | 佐紀陵山古墳 | 第十三代 | 成務天皇 | 一九一年頃没 |
| 四世紀後半（三八〇頃） | 五社神古墳 | | 神功皇后 | 二六九年頃没 |
| 五世紀前半（四三〇頃） | 蓬莱山古墳 | 第十一代 | 垂仁天皇 | 七一年頃没 |
| 五世紀前半（四三〇頃） | 岡ミサンザイ古墳 | 第十四代 | 仲哀天皇 | 二〇一年頃没 |
| 五世紀前半（四三〇頃） | 誉田御廟山古墳 | 第十五代 | 応神天皇 | 三一一年頃没 |
| 五世紀中頃（四四〇頃） | 御所山古墳（苅田） | | 神功皇后か？ | 二六九年頃没 |
| 五世紀中頃（四五〇頃） | 大仙古墳 | 第十六代 | 仁徳天皇 | 四〇〇年頃没 |
| 五世紀末頃（六〇〇頃） | 今城山古墳 | 第二十六代 | 継体天皇 | 五三〇年頃没 |

（第四部　了）

# あとがき

継体天皇以前の古墳時代は、多くの史跡はあるが、人が活動した歴史史料が少ない。採集、狩猟の縄文文化から、稲作を中心とした弥生文化、古墳時代へと、人が集団化して動きが広範囲になり、数々のドラマが生まれてきたと思います。

日本の古代史は「日本書紀に始まり日本書紀に終わる」といわれますが、その「日本書紀」の議論が国粋的状態と不可侵の状態が長く続き、自由な思考や発想を拒んできた面がありました。

少し古い本（昭和50年初版）であるが『邪馬台国99の謎』（株式会社産報）の中で松本清張氏が編者の言葉として、【非専門家がこの問題（邪馬台国・古代）に学術的な発言しようとすれば専門学者・研究家に蔑視を受け、国民に解放された学問は再び『象牙の塔』に逃げ込み、他を寄せつけなくなる】と書かれてあります。

この論理は現代には如何なものかと考えます。研究も学問もスポーツも裾野が広がればそれだけ参加する人が増え、人の数だけ視点やアイデアがあります。それが学識者や専門家に刺激を与え更なる進化があると思います。

例えば、エレクトロニクスの発達において、高校生が趣味でロボットを組み上げ、興味を持って自ら図面を書いて滑らかな動きのロボットを作り、低ノイズのアイデアの回路図を書いたり部品のレイアウトに工夫しています。電子工学の専門家もそのような若者たちの趣味の動きに注目し始めています。

最近は学術本が身近に読めて独学で高度な知識を得ることが可能です。多様な生き方が認められつつある日本で、多様な社会経験を通して多様な意見や議論やアイデアが生まれてくると思います。

専門学者の方々は深く多彩な知識を学ばれて、それを論理的に整理されている能力には敬服します。その実績から、独学者の見解と一線を画そうとする気持ちになることは理解できます。日本の古代史が一般に開かれた知識や教養としてあるいは趣味として、非専門家を遠ざけることなく、『象牙の塔』に逃げることなく、多面から自由で活発な議論ができることを願っています。

そのような気運や環境が広がることを期待して、この大ロマンを綴りました。

「古事記」や「日本書紀」で、昔ならタブーの領域もあり、歴史解釈の面からは論議を呼ぶでしょうが、そのような意図はありません。これはロマンです。

日本の古代に興味を持っていただき、「古事記」「日本書紀」等に興味を持つきっかけになれば大きな喜びです。

日本の古代史の不明な点を解明する手立ての一つとして、古墳の調査があります。

現在、皇族の陵墓と比定された古墳が調査できないのは残念ですが、当然、誰もが先祖の墓を暴かれるのは快いものでありません。皇室も同じだと思います。

しかし、天皇系統の陵等と比定された多くの古墳は、幕末から明治初めの動乱期によるものです。許されるなら、それらの比定が正しかったかの裏付けや古代史の発展のために、更には、我々日本人の心に奥深い自信を与えるためにも、天皇系統の陵墓を再調査してほしいと思います。

各地の「歴史資料埋蔵センター」や、その類の施設等を訪ねて、学芸員さんたちのお話を聞く機会が多くありました。

このロマンに学芸員さんのお話をもっと盛り込みたいと思いましたが、ページ数で割愛しました。残念な気持ちです。

九州のとある埋蔵センターの学芸員の方のお話が今も耳に残っています。

「私たちは出土品や史料を調査、分析をします。その出土品から人の歴史を考えていただくのは皆さんです」

歴史とは「人」であり「人の行動」であり「行動を決める心」が歴史を動かしてきたと強く再認識した次第です。

歴史のロマンや推論に正解はありません。この先、出土品等から新しい発見があれば、前論を否定することもあります。そこに歴史の面白味があると思います。

今、この毎日が歴史の始まりで、これからの歴史が平和である事を願っています。

## ■参考資料

『歴史書　古事記　全訳』
武光誠　著　株式会社東京堂出版　２０１２年11月20日　初版
『現代語訳　日本書紀　抄訳』
菅野雅雄　著　株式会社ＫＡＤＯＫＡＷＡ　新人物文庫　２０１９年９月９日　第一版
『邪馬台国99の謎』
松本清張　編　株式会社　産報／サンポウ・ブックス　昭和50（１９７５）年　初版
出雲国風土記（落丁）
播磨国風土記（落丁）
備前国風土記（落丁）
常陸国風土記（落丁）
豊後国風土記（落丁）

（了）

# 主な登場人物紹介

八上姫（大国主命の妻）
貴俣命（大国主命と八上媛の子）
多岐津姫（大国主命の妻　宗像三姉妹）
阿角高彦（大国主命と多岐津姫の子）
賀陽王（吉備の大王）
日限媛（倭途途日百襲姫　大国主命の妻）
賀陽津彦（日限媛の父）
賀陽正彦（日限媛の弟）
ハツクニシラス（神武天皇　大国主命　崇神天皇）
能上史武（船乗り　村上水軍）
上道王（吉備の豪族　海運）
下道王（吉備の豪族　海運）
ナガスネ彦（奈良古鍵村の兵士）
ニギハヤト命（物部氏の始祖）
高島老（熊野の豪族）
太善彦(熊野の長老)
武太彦（太善彦の子）
伊那媛（武太彦の妻）
葛城王（ヤマトの豪族）
御間城姫（葛城の娘　ハツクニシラスの妻）
イソサチ大王（垂仁天皇）
ニシキノ彦（イソサチの第一皇子）

## 第一部

### 第一章　神武東征と大国主命

磐余彦(神武天皇　ハツクニシラス)
阿平姫（磐余彦の妻）
五瀬命（磐余彦の兄）
天稚命（磐余彦の弟　橿原に住む）
御気途命(磐余彦の弟　橿原に住む)
産豊須命(磐余彦の弟　日向に戻る)
稲氷命（磐余彦の弟　日向で残る）
鳥賀屋夫貴（磐余彦の父）
玉依姫（磐余彦の母）
武実槌（天照大神の使者）
大己貴命（大国主命　ハツクニシラス）
大国主命（ハツクニシラス　崇神天皇）
スクナ彦（大国主命と国造りした）
ウズヒコ（漁民）
妹尾王（吉備の王）
天日槍（新羅から但馬にきた）
石和大神（大国主命の但馬の郡司）
武実槌（天照大神の子孫）
物部経津主（物部氏の始祖）
事代主（大国主命の子）
建御方（大国主命の子　諏訪大社）
スセリ姫（大国主命の妻　素戔嗚里の娘）

沙穂姫（垂仁天皇の后　謀反）
紗甫彦（沙穂姫の兄　謀反）
交秦禅項王（交野の豪族）
ワカオオイ大王（開花天皇）
道主王（但馬の王　日葉酢媛の父）
日葉酢媛（垂仁天皇の后）
倭姫命（垂仁天皇の子　伊勢の斎宮）
ケハヤ（当麻村の怪力）
野見宿祢（出雲の怪力　埴生の提案）
ツジタキ大王（美濃坂祝の王）
オオタラシ彦（垂仁天皇の子）
オオタラ大王（景行天皇）
ヌヌシ姫（イソニシキ皇子の妻）
平郡押彦王（ヤマトの豪族　王）

## 第二章　食料確保の道

雄薄皇子（景行天皇の子　安曇野行く　碓豊）
碓豊（雄薄皇子）
物部津多彦王（物部十千根の子　安曇野行く）
物部三津彦（物部津多彦の弟　安曇野に住む）
豊品王（安曇野の大王）
阿貴科王（豊品王の子）

## 第三章　ヤマト文化の拡散

稚足尊（ワカタ大王　成務天皇　神功皇后）
吉備武彦（近江に行く）

## 第二章　崇神天皇と大物主神

ハツクニシラス（神武　大国主命　崇神）
倭途途日百襲姫（日限媛）
十市王（ヤマトの豪族　最初の重鎮）
物部氏（ヤマトの豪族　武闘派　重鎮）
大伴氏（ヤマトの豪族　知性派　重鎮）

## 第四章　卑弥呼の旅

許皓春（卑弥呼・春巫女）
許偉人（許皓春・卑弥呼の父）
許文清（許皓春・卑弥呼の母）
許項偉（許皓春・卑弥呼の兄）
許子偉（許皓春・卑弥呼の弟）
松浦源信王（末盧国の王）
甘耶王（支推国の王）

# 第二部

## 第一章　山辺道の大王たち

イソサチ大王（垂仁天皇）
ニシキノ皇子（垂仁天皇の第一皇子）
物部十千根（山辺道の豪族　坂祝に行く）
大伴建沖（山辺道の豪族　王）
春日氏（奈良北部の豪族）
添氏（奈良南部の豪族）

添豊駒王（ヤマトの豪族）
志貴坂耳王（ヤマトの豪族）
神功皇后（ワカタ大王　成務天皇）
壱与（卑弥呼の宋女）
高倉主命（筑紫の家臣）
高倉産武（高倉主命の子）
イザサ王子（ホムダ大王　応神天皇）
ホムダ大王（応神天皇）
高木日姫（ホムダ大王の妻）
オサザキ（ハツクニシラスの子孫　仁徳）
始羅大王（隼人の豪族）

## 第三部

### 第一章　もがく応神天皇

松浦福元王（末盧国の王）
ホムダ大王（応神天皇）
物部伊速彦王（ヤマトの豪族　王）
大伴雄日王（ヤマトの豪族　王）
大伴間基（大伴雄日の子）
平郡忍武王（ヤマトの豪族　王）
オサザキ尊（仁徳天皇）
葛城泊野王（ヤマトの豪族　王）
高倉主命（遠賀の豪族）
高倉産武（高倉主命の子・讃）
高倉遅途（高倉主命の子・珍）
豊基多鹿博（奴国の将軍・済）
広開土王（高句麗の王）
肖古王（百済の王）
大伴雄日（近江に行く）
平郡忍武（近江に行く）
葛城泊野（近江に行く）
十市穂広王（山辺道の豪族）
物部津多彦王（山辺道の豪族　王）
物部伊速彦（山辺道豪族　次の王）
大伴建沖王（山辺道の豪族）
武内宿祢（朝廷の家臣）
建部王（近江の豪族）
勝箕王（隠岐の島の豪族）
物部仁宜弥（石見の豪族）
アシナカツ大王（仲哀天皇　長門の豪族）
大中津姫（アシナカツ大王の妻）
籠坂命（アシナカツ大王の子）
忍熊命（アシナカツ大王の子）
益隅王（熊襲の豪族）

### 第四章　仲哀天皇と神功皇后

十市穂広王（ヤマトの豪族）
物部津多彦王（ヤマトの豪族　王）
物部伊速彦王（山辺道の豪族　次の王）
大伴建沖王（ヤマトの豪族）
大伴雄日（ヤマトの豪族　次の王）
平郡忍武（ヤマトの豪族　次の王）
葛城穂道王（ヤマトの豪族）
葛城泊野（葛城の子　次の王）
高額姫（葛城泊野の妻）
高市磯原王（ヤマトの豪族）

物部大前（履中天皇の私兵）
平郡津久野（履中天皇の私兵）
平郡馬鳥王（平郡一族の王）
ミズハ大王（反正天皇）
オアサ大王（允恭天皇）
アナホ皇太子（のちの安閑天皇）
アナホ大王（安康天皇）
大草香皇子（仁徳天皇の子）
オハツタケ大王（雄略天皇・武）
葛城韓姫（雄略天皇の后）
眉輪王（履中天皇の孫）
葛城円夫（葛城泊野の弟）
オケ兄弟（履中天皇の孫）
オケ大王（仁賢天皇）
葛城伊佐野（履中天皇の孫・市辺の子・興）
ヤマトネ尊（清寧天皇）
金仁波（医師・新羅から渡来）
飯野女（履中天皇からの侍女）
大伴室屋（清寧天皇の私兵）
物部小盾（ヤマトネの私兵）
葉瀬理（三国・高向氏の臣下）
阪井氏（三国の豪族）

## 第四章　焦る倭の五王

松浦福元（末盧国の王）
高倉産武（遠賀の豪族・讃）
高倉遅途（高倉産武の弟・珍）
司馬曹（高倉家の訳師）
豊基多鹿博（奴国の将軍・済）
阿直岐（百済から渡来）
弓月君（百済から渡来）
和邇氏（百済から渡来）
油谷王（長門外海の海賊）
琴崎王（長門周防灘の海賊）
松浦王（末盧国の豪族）
阪井氏（越三国の豪族）
高向（越三国の豪族・継体天皇の妻の実家）
葉瀬利（オドド大王・継体の家臣）
始羅王（薩摩隼人の豪族）

## 第二章　大国主命のDNA

物部鹿開（ヤマトの豪族）
大伴間基（ヤマトの豪族）
平郡忍武王（ヤマトの豪族　王）
平郡馬鳥王(ヤマトの豪族　次の王)
背弥王（伊都国の豪族）
オサザキ大王（仁徳天皇）
深香美姫（オサザキ大王の妻）
香仲彦（仁徳天皇と深香美媛の子）
香草媛（仁徳天皇と深香美媛の子）
祝之姫（仁徳天皇の后　葛城氏）
葛城卒彦（祝之媛の父）
葛城泊野王（葛城氏の王）

## 第三章　履中天皇兄弟と甥っ子

仲皇子（仁徳・祝之媛の子）
イサホ大王（履中天皇）
黒姫（履中天皇の后）

押開広庭皇子（欽明天皇）
毛野大臣（磐井の乱を征圧）
葛城伊佐野（履中の孫·市辺の子·興）
大伴金村（ヤマト朝廷の大臣）
オハツタケ大王（雄略天皇・武）
オハツザキ大王（武烈天皇）
市辺皇子（イサホ大王・履中天皇の子）
劉裕（東晋の将軍・宋の武帝）
文帝（宋の帝）
順帝（宋の帝）
高帝（斉の帝）
武帝（梁の帝）

## 第五章　継体天皇の出現

オドド大王（三国・高向氏の豪族継体天皇）
目野姫（継体天皇の妻・尾張大篠家の娘）
勾太彦（継体天皇の子・安閑天皇）
檜高彦（継体天皇の子・宣化天皇）
葉瀬利（継体天皇の家臣）
男道武（継体天皇の家臣）
磐隅広（継体天皇の家臣）
彦押王（継体天皇の父）
物部鹿開（ヤマト朝廷の大臣）
大伴金村（ヤマト朝廷の大臣）
馬飼荒籠（河内の牧場主）
手白香皇女（継体の后・仁賢の娘）
歳仁（漢人の工人）
開中直（百済の工人）
今洲守（百済の工人）

## 【参考資料】歴代天皇（継体天皇までの説）

| 代 | 名称 | 推定在位 | 推定年代（諸説ある） | 諸説の一つ |
|---|---|---|---|---|
| 初代 | 神武天皇 | 126 年 | BC711 ～ BC585 | 日向から奈良へ |
| 2 代 | 綏靖天皇 | 33 年 | BC632 ～ BC549 | 実在に疑問　欠史八代の一人 |
| 3 代 | 安寧天皇 | 38 年 | BC577 ～ BC511 | 実在に疑問　欠史八代の一人 |
| 4 代 | 懿徳天皇 | 34 年 | BC553 ～ BC477 | 実在に疑問　欠史八代の一人 |
| 5 代 | 孝昭天皇 | 83 年 | BC506 ～ BC393 | 実在に疑問　欠史八代の一人 |
| 6 代 | 孝安天皇 | 102 年 | BC427 ～ BC291 | 実在に疑問　欠史八代の一人 |
| 7 代 | 孝霊天皇 | 76 年 | BC342 ～ BC215 | 実在に疑問　欠史八代の一人 |
| 8 代 | 孝元天皇 | 57 年 | BC273 ～ BC158 | 実在に疑問　欠史八代の一人 |
| 9 代 | 開化天皇 | 60 年 | BC208 ～ BC98 | 実在に疑問　欠史八代の一人 |
| 10 代 | 崇神天皇 | 68 年 | BC148 ～ BC30 | 2 世紀末～ 3 世紀の説 |
| 11 代 | 垂仁天皇 | 99 年 | BC69 ～ AC70 | 伊勢神宮を創始の説 |
| 12 代 | 景行天皇 | 60 年 | BC13 ～ AC130 | ヤマトタケルの父 |
| 13 代 | 成務天皇 | 60 年 | 84 ～ 190 | 静なる天皇　女性か？ |
| 14 代 | 仲哀天皇 | 9 年 | ～ 200 | 熊襲征伐 |
| 15 代 | 応神天皇 | 41 年 | 200 ～ 310 | 筑紫で誕生　騎馬民族の説 |
| 16 代 | 仁徳天皇 | 87 年 | | 治水工事　大仙古墳 |
| 17 代 | 履中天皇 | 6 年 | 400 ～ | 皇位争い |
| 18 代 | 反正天皇 | 5 年 | | ヤマト朝廷の陰謀の始まり |
| 19 代 | 允恭天皇 | 42 年 | 412 ～ | 病気を患う |
| 20 代 | 安康天皇 | 3 年 | | 叔父・大草香皇子を討ち、復讐される |
| 21 代 | 雄略天皇 | 23 年 | 456 ～ | 倭の五王【武】 |
| 22 代 | 清寧天皇 | 5 年 | | 実在に疑問の説あり |
| 23 代 | 顕宗天皇 | 3 年 | | 実在に疑問の説あり |
| 24 代 | 仁賢天皇 | 11 年 | | 実在に疑問の説あり |
| 25 代 | 武烈天皇 | 8 年 | ～ 506 | 実在に疑問の説あり |
| 26 代 | 継体天皇 | 25 年 | 506 ～ 531 | 西暦と年代が合ってくる |
| 27 代 | 安閑天皇 | 1 年 | 534 ～ 535 | 継体天皇の越前の子 |
| 28 代 | 宣化天皇 | 4 年 | 535 ～ 539 | 継体天皇の越前の子 |
| 29 代 | 欽明天皇 | 32 年 | 531 ～ 564 | 継体天皇と手白香皇女の子 |

安田　慶（やすだ・けい）

1947年生まれ。埼玉県、所沢市在住。

電機メーカー、半導体メーカーをリタイア後、新しい分野の社会性哲学を研究。歴史ロマンチスト。

発表作品『大坂城の笠雲』※小学6年生当時に少年漫画誌に投稿。

『エトスな朝』※30余年前、NTT民営化記念懸賞に応募。


古代ヤマト政権の誕生ロマン　神武東征から継体天皇まで

2021年12月16日　第1刷発行

著　者　安田　慶
発行人　大杉　剛
装　画　金子桃々《もも》
装　幀　2DAY
発行所　株式会社 風詠社
〒553-0001　大阪市福島区海老江5-2-2
大拓ビル5-7階
TEL 06（6136）8657　https://fueisha.com/
発売元　株式会社 星雲社
（共同出版社・流通責任出版社）
〒112-0005　東京都文京区水道1-3-30
TEL 03（3868）3275
印刷・製本　シナノ印刷株式会社

ISBN978-4-434-29786-1 C0093